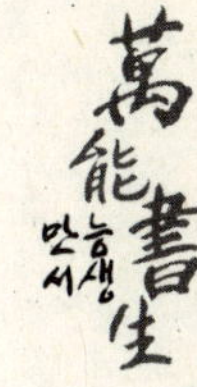

萬能書生

능생만서

임영기 新무협 판타지 소설 FANTASTIC ORIENTAL HEROES

만능서생 7
임영기 新무협 판타지 소설

초판 1쇄 찍은 날 § 2012년 11월 22일
초판 1쇄 펴낸 날 § 2012년 11월 29일

지은이 § 임영기
펴낸이 § 서경석

편집부장 § 권태완
편집책임 § 박우진

펴낸곳 § 도서출판 청어람
등록번호 § 제1081-1-89호
등록일자 § 1999. 5. 31
어람번호 § 제2-2282호

주소 § 경기도 부천시 원미구 심곡2동 163-2 서경B/D 3F (우) 420-822
전화 § 032-656-4452팩스 § 032-656-4453
http://www.chungeoram.com
E-mail § chungeorambook@daum.net

ⓒ 임영기, 2012

ISBN 978-89-251-3085-9 04810
ISBN 978-89-251-2960-0 (세트)

萬能書生

임영기 新무협 판타지 소설 FANTASTIC ORIENTAL HEROES

만절사신공

7

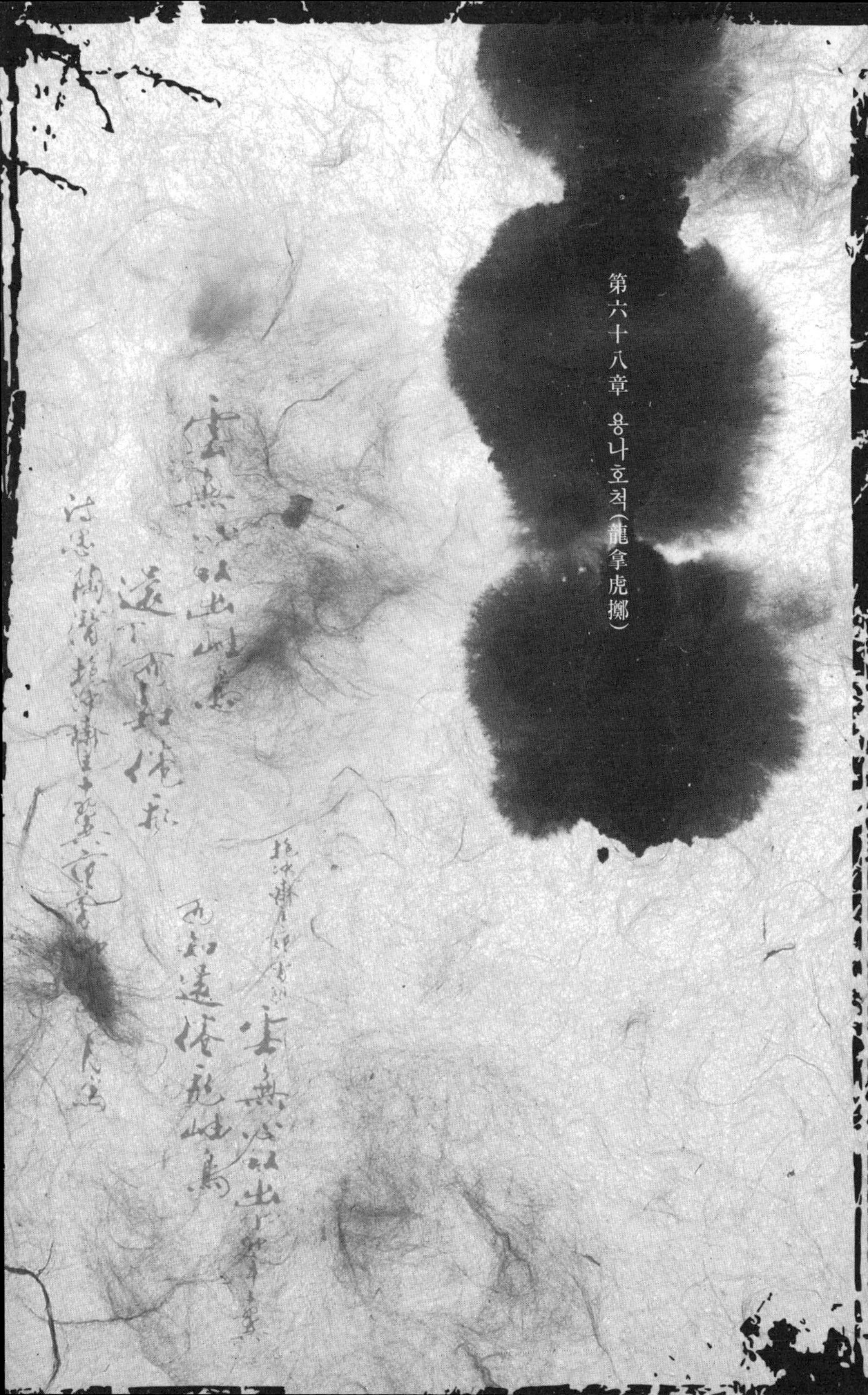

第六十八章 용나호척(龍拿虎擲)

萬能書生

기억을 잃은 허실은 사람에 대해서 의심을 할 줄 모른다.

그것은 와룡후에 대해서도 마찬가지로 작용했다. 그가 약속하겠다고 하자 허실은 그 말을 곧이곧대로 믿었다.

"알았어. 매매와 함께 집으로 돌아가겠어."

풀썩!

와룡후가 그 말을 하자마자 긴장이 풀린 허실은 그 자리에 무너지듯 주저앉고 말았다.

그녀는 입에서 피를 왈칵 토하고 나서 극심한 어지러움을 느끼며 중얼거렸다.

"아…… 용랑……."

조금 전까지 용비에게 흐릿하게나마 전해져 오던 허실의
느낌이 완전히 끊어져 버렸다.

용비는 허실과 영적으로 교감하기 시작한 이후 이렇게 멀
리 떨어져 본 적은 한 번도 없었다.

그렇기 때문에 먼 곳에서도 그녀가 영적교감을 보낼 수 있
는지 어떤지 알 수가 없다.

다만 용비는 조금 전까지 허실이 정신적으로 또 육체적으
로 매우 고통스러워하고 있다는 것을 흐릿하게 느꼈었다.

그래서 그녀가 부상을 당했으며 먼 곳에 떨어져 있다고 생
각했었다.

그녀가 보내는 교감은 매강 건너 산속에서 흘러나오고 있
었다. 그런데 그것마저 끊어져 버린 것이다.

"실아!"

용비는 전력을 다해서 산속을 이리저리 쏘아 다니면서 그
녀를 애타게 불렀다.

허실에게 무슨 변고가 생겼을 것이라는 생각이 들자 그는
미쳐 버릴 것만 같았다.

용비가 없으면 아무것도 할 줄 모르고 또 생각할 줄도 모르
는 그녀가 아닌가.

도대체 무슨 변고를 당한 것인지 상상조차 할 수가 없기에
애간장이 다 타버렸다.

"시… 실아……."
용비는 어느 낭떠러지 위에 멈춰서 망연자실한 표정을 짓
고 있었다.

그의 앞 단단한 바위로 이루어진 바닥에는 피가 흥건하게
고여 있었다.

그는 피를 보는 순간 허실이 흘린 것이라고 직감했다. 어떤
설명도 필요하지 않았다.

피는 허실의 것이 분명했다. 그녀는 부상을 당하여 바로 이
곳에서 피를 흘렸던 것이다.

그녀와 더 이상 영적교감이 이어지지 않고 있는 이유는 그
녀가 혼절을 했거나 죽었기 때문일 것이다.

하지만 용비는 그녀가 죽었을 것이라고는 상상하기조차
싫었다.

그는 주춤거리면서 낭떠러지 끝으로 다가갔다. 가장 먼저
떠오르는 생각이 그녀가 낭떠러지 아래로 떨어졌을지도 모른
다는 생각이었다.

휘이이…….

거센 바람이 몰아치고 있는 낭떠러지 아래를 굽어보던 그

는 얼굴이 보기 싫게 일그러졌다.

낭떠러지의 깊이는 약 백여 장 이상으로 매우 깊었으며 그 아래에는 시퍼런 강물이 굽이쳐 흐르고 있었다.

객잔 옆을 흐르던 아름다운 매강이 산을 휘돌아 이곳에서는 섬뜩한 광경으로 흐르고 있다.

허실이 저곳으로 떨어졌다면 살아 있을 가능성이 거의 없을 터이다.

만약 살았다고 해도 부상을 당한 몸으로 강물에 떠내려갔을 텐데 그 역시 살아나기 어려울 것이다.

허실이 강으로 추락했을 것이라고 생각한 용비는 눈앞이 캄캄해졌다.

허실과 이런 식으로 헤어지게 될 것이라고는 꿈에서조차 상상해 본 적이 없었다.

지난밤에 그는 비로소 그녀와 한 몸이 되었으며, 어떻게 하다가 그런 상황이 되었는지는 모른다.

그 당시에는 몹시 취해서 제정신이 아니었지만 지금은 그때의 기억이 너무도 생생하게 남아 있다.

두 사람은 정신과 마음은 물론이고 감정마저도 하나로 이어졌다가 마침내 몸까지 한 몸, 즉 부부지연을 맺었다. 그런데 그 일이 있은 지 하루도 지나지 않아서 이런 믿어지지 않는 일이 벌어졌으니 용비의 심정이 어떻겠는가. 그는 자신도 이대로 강물에 뛰어들고 싶은 마음이 샘솟았다.

"네가 용비냐?"

용비가 낭떠러지를 굽어보면서 착잡한 표정을 짓고 있을 때 갑자기 등 뒤에서 조용한 목소리가 들렸다.

용비가 다른 데 정신을 팔고 있다고 해도 그는 대신의 모든 것을 배웠으며 본능적으로 위험을 감지하는 능력까지 지니고 있다.

그런데도 목소리의 주인은 용비를 완벽하게 속이고 지척까지 접근했다.

그렇다는 것은 그가 비단 놀라운 무위를 지녔을 뿐만 아니라 적의를 드러내지 않는 능력마저 지녔다는 뜻이다.

'와룡후!'

용비는 목소리를 듣는 순간 등 뒤에 나타난 자가 와룡후라는 것을 알아차렸다.

그리고 그 순간 허실이 어떻게 된 것인지 짐작했다. 정확하게는 모르지만, 허실은 와룡후에게 당한 것이 분명했다. 죽었거나 제압됐을 것이다. 와룡후가 이곳에 나타났다는 사실이 그것을 증명하고 있다.

극도로 긴장한 용비는 공력을 극한으로 끌어올리는 것과 동시에 호오감 중에서 호이(虎耳)를 전개하면서 천천히 몸을 돌렸다.

호이는 인간의 청력보다 최대 백 배까지 발휘할 수 있는 대신의 능력이다.

그가 호이를 전개한 이유는 돌아서는 순간에 와룡후가 공격할 수도 있기 때문이다.

또한 그렇지 않다고 해도 기회가 주어진다면 용비가 선제공격을 가할 수도 있다.

하지만 그런 기회는 주어지지 않았다. 용비가 돌아섰을 때 와룡후는 다섯 걸음 떨어진 곳에 두 팔을 늘어뜨리고 우뚝 서서 이쪽을 주시하고 있었다.

그는 용비를 공격할 생각은 전혀 하지 않는 것 같았다. 언제라도 마음만 먹으면 용비를 제압하거나 죽일 수 있다고 확신하는 듯했다. 또한 용비는 그에게서 어떤 허점도 찾아낼 수가 없었다.

용비는 낭떠러지를 등지고 섰다. 그의 두 걸음 뒤가 백여 장 깊이의 절곡이다.

허실이 어떻게 되었을지 정신이 팔려 있다가 최악의 위치에 서고 말았다.

와룡후는 눈부시고 긴 백발을 뒤에서 하나로 묶은 모습인데 입고 있는 옷도 은의에 흰 가죽신발을 신고 있어서 머리에서 발끝까지 희었다.

그래서 그를 보고 있으면 온몸에서 은은하게 백광이 뿜어지는 것 같은 착각이 들었다.

그는 평소에 감정을 드러내는 성격이 아닌데 지금은 용비를 주시하면서 노골적으로 얼굴 가득 분노와 모멸감을 드러내고 있었다.

허실, 아니, 도영매를 손에 넣었으나 그녀가 보여준 행동 때문에 용비에게 걷잡을 수 없는 분노를 느꼈다.

뿐만 아니라 그녀가 정혼자인 자신 외의 남자를 위해서 희생하고 또 그를 '용랑'이라고 불렀다는 사실 때문에 모멸감을 느끼고 있는 것이다.

그렇다고 해도 자신의 분신을 빼앗긴 용비의 분노와 허탈감에는 비할 바가 못 됐다.

"허실은 어디에 있느냐?"

용비는 지그시 와룡후를 쏘아보며 중얼거리듯이 물었다. 불이 너무 뜨거워서 불꽃이 보이지 않는 것처럼, 그의 분노가 너무 거세서 차라리 차분한 것 같았다.

"매매의 이름을 허실이라고 지어주었느냐?"

와룡후는 특유의 쇳소리 같은 카랑카랑한 목소리로 분노를 억누르며 되물었다.

용비는 와룡후와의 거리를 재고 또 어떤 수법으로 그를 급습할 것인지를 궁리했다.

"매매는 안전한 곳에 있다."

용비는 짙은 눈썹을 꿈틀거렸다.

"그녀가 다쳤느냐?"

'안전한 곳'에 있다는 것은 그녀가 낭떠러지로 떨어지지 않았으며 살아 있다는 뜻이다.

용비는 그 사실만으로 크게 안도하여 숨을 쉴 수 있을 것만 같았다.

와룡후는 방금 전까지 용비를 가장 잔인한 방법으로 죽이려고 작정했었다.

그러나 지금 그는 어떤 생각이 떠올라서 계획을 약간 수정하기로 했다.

용비에게 만절사신도가 있으며 그가 고금제일인 만절기황의 전인일지도 모른다고 보고했던 혈풍도대 제팔조장 유혼도의 말을 생각해 낸 것이다.

그래서 일단 용비를 제압하여 그에게서 만절사신도를 빼앗은 다음에 죽이기로 마음먹었다.

그래 봐야 죽이는 것은 마찬가지다. 살아 있는 시간을 조금 더 연장시키는 것뿐이다.

그렇게 하려면 용비가 지금처럼 낭떠러지 가까이에 있어서는 곤란하다.

싸움이 벌어져서 그가 자칫 낭떠러지 아래로 떨어져 버린다면 만절사신도는 물론이고 와룡후의 손으로 죽이는 것마저도 공염불이 돼버리고 만다.

낭떠러지를 등지고 서 있는 위치에서 끌어내리려면 일부러 허점을 보이는 게 좋다. 공격을 해오면 위치를 바꾸면서 제압하면 된다.

와룡후는 선 채로 조금도 움직이지 않았으나 갑자기 허점이 두 군데 드러났다.

일부러 자세를 바꾸면서 드러내는 허점은 상대가 의심을 할 수도 있다. 눈이 빠르고 의심이 많은 자라면 충분히 그러고도 남는다.

절정고수는 움직이지 않은 상태에서 여러 가지를 할 수가 있으며 상대를 유인하기 위해서 일부러 허점을 드러내는 것도 그중의 하나다.

그것이 바로 정중동(靜中動), 움직이지 않은 상태에서 움직이는 상승수법이다.

그러나 와룡후는 용비의 눈빛이 변하지 않는 것을 발견했다. 허점을 발견했다면 흐릿하게나마 눈빛이 공격 성향을 띨 텐데 전혀 그렇지 않았다.

그것은 용비가 아직 허점을 발견하지 못했으며, 또한 그 정도의 고수가 못 된다는 뜻이다.

와룡후는 용비가 만절기황의 전인일지도 모른다고 생각해서 그를 높게 평가하여 적잖이 긴장했던 자신을 꾸짖었다.

'별것도 아닌 놈이었군.'

그래서 그는 이번에는 좀 더 노골적으로 자세를 바꾸며 허점을 보여주기로 했다.

그래야지만 우둔한 용비가 알아차리고 공격을 할 것이기 때문이다.

스으…….

와룡후는 팔짱을 끼면서 동시에 두 다리를 약간 넓게 벌리려고 동작을 취했다.

쉬아악!

그런데 그가 팔짱을 끼려고 두 팔을 올리고 다리를 벌리려고 하는 순간 느닷없이 용비가 빛 같은 속도로 쏘아왔다.

허점을 만들어주기도 전에 공격한 것이며, 그것은 한 가지 사실을 말해준다.

용비는 조금 전에 이미 두 군데 허점을 간파했던 것이다. 그러면서도 공격할 생각을 하지 않았다.

아니, 어쩌면 공격할 생각을 하고 있으면서도 눈빛을 감췄을지도 모른다.

그리고는 기회를 엿보고 있는데 와룡후가 몸을 움직이자 그 순간 급습을 해온 것이다.

와룡후는 세 가지 실수를 한꺼번에 저질렀다. 허점을 드러냈으며, 동작을 취했고, 용비를 과소평가했다.

쉬이익!

와룡후는 용비가 쇄도하는 속도보다 더 빠르게 무언가 새카맣고 뾰족한 물체가 자신의 옆구리와 심장을 향해 쏘아오는 것을 발견했다.

어느새 일 장 앞까지 쇄도하고 있는데, 그것이 노리는 옆구리와 심장은 와룡후가 일부러 드러냈던 두 군데 허점이 정확했다.

와룡후는 적잖이 당황했다. 용비가 허점을 정확하게 간파했다는 것과, 급습하는 속도가 상상 이상으로 빠르다는 것, 그의 오른팔에서 쏘아 나온 검고 뾰족한 물체가 순식간에 몸 가까이에 이르렀다는 사실 때문이다. 그러나 마지막 놀라움이 하나 더 남아 있었다.

후오오―

검고 뾰족한 물체를 피하기도 어려운 판국에 그 물체의 끝에서 번쩍! 하고 푸른빛이 뿜어진 것이다.

그런데 그것은 쇄도하는 용비나 검고 뾰족한 물체보다 더욱 빨랐다.

대부분의 고수들은 이런 상황에서 전력을 다해서 피할 것이지만 절정고수는 다르다.

오히려 반격을 가하여 위기를 모면하는 법을 알고 있다. 도저히 피할 수 없는 반격을 가하면 상대는 공격을 거두어들일 수밖에 없다.

자신의 목숨을 내놓으면서까지 공격하는 자는 거의 없기 때문이다.

슈우—

와룡후는 오히려 용비에게 마주쳐 가면서 오른손을 손목만을 이용하여 가볍게 떨쳤다.

스승…….

아무것도 없던 그의 오른손에 흐릿한 빛이 생기는 것 같더니 찰나지간 검의 길이로 늘어났다.

은은하면서 투명한 금빛 광채를 흩뿌리면서 용비의 목을 베어가고 있는 것은 형체를 갖추고 있지 않다는 무형검(無形劍)이 분명했다.

용비는 자신의 목 왼쪽 반 장 거리에서 베어오는 무형검을 발견했으나 표정은커녕 눈썹 하나 흔들리지 않았다.

그는 자신의 사신검에서 발출된 두 줄기 청룡공기가 무형검보다 더 빨리 간발의 차이로 와룡후의 심장과 옆구리에 적중될 것이라고 확신했다.

와룡후는 용비를 잘못 평가했다. 그는 이 정도 도박에는 끄떡도 하지 않는다. 그가 비록 나이는 어리지만 지금까지 살아온 인생 전체가 도박으로 점철되었다고 해도 지나친 말이 아니다.

목숨은 누구에게나 아까운 것이고, 와룡후라고 해서 다르지 않을 것이다.

지금이라면 가장 빠르게 전력으로 몸을 뒤틀어서 청룡공기가 심장에 적중되는 것만은 면할 수도 있을지 모른다.

용비 역시 목숨이 아깝기는 마찬가지다. 하지만 허실을 잃고는 살고 싶지 않았다.

그녀를 잃었다고 생각하자 그녀가 얼마나 자신에게 소중한 존재였는지 깨달아졌다.

지금 둘 다 목숨을 내던져서 공격을 하고 있다. 그러나 누가 더 강심장인지 곧 판가름이 날 것이다.

'이 미친 놈!'

와룡후는 심장이 덜컥 내려앉았다. 아니, 머리가 확 돌아버리는 것 같았다.

세상에 죽음을 두려워하지 않는 인간이 있다는 사실을 믿을 수가 없고, 하필이면 그게 지금 싸우고 있는 놈이라니 더욱 믿고 싶지 않았다.

어쩔 수 없이 와룡후는 전력으로 상체를 비틀었다. 하지만 푸른빛이 심장을 비껴서 맞을 것인지는 자신이 없었다. 운을 믿지 않지만 지금 이 순간은 자신의 목숨을 운에 맡길 수밖에 도리가 없다.

그 찰나의 순간에도 그는 오기가 생겨서 상체를 비틀면서 무형검이 최대한 용비에게 향하도록 했다.

목이 아니라고 해도 아무 곳이라도 베고 싶었다. 그래야만 직성이 풀릴 것이다.

퍽!

사악!

청룡공기가 와룡후의 왼쪽 어깨를 뚫었고, 무형검이 용비의 오른쪽 어깨에서 가슴까지 한 뼘가량 길고도 깊게 베면서 피가 튀었다.

와룡후는 지난번에 허실의 천강지에 왼쪽 어깨를 관통당한 이후 꾸준히 치료를 해서 겨우 상처가 아물어가고 있는데 바로 그 부위를 청룡공기가 관통했다.

더구나 천강지는 손가락 하나 정도 상처였으나 청룡공기는 각전(角錢) 하나의 크기로 세 배 이상 구멍이 크다.

와룡후의 무형검은 용비의 왼쪽 어깨에서 가슴까지 살짝 베었으나 무형검에서는 검기가 발출되고 있었다. 검기가 뼈를 자르고 심장과 폐까지 깊은 상처를 입혔다.

그런데 문제는 그것이 아니다. 두 사람 다 비슷한 치명상을 입었으면서도 상처를 돌보지 않고 똑같이 두 번째 공격을 감행했다는 사실이다.

쌔애액!

휘이잉!

각기 다른 음향이 터졌다.

용비는 방금 전에 창으로 만들었던 사신검을 채찍으로 만들면서 와룡후에게 쏘아가게 했다. 그 자신이 직접 손으로 휘두르는 것보다 사신검에게 쏘아가라고 명령하는 편이 훨씬 빠르다.

팔로도 휘두르면서 사신검이 동시에 쏘아가니까 더욱 빠를 터이다.

와룡후는 오른손의 무형검으로 용비의 가슴을 벤 직후라서 또다시 무형검을 사용하는 것은 늦다.

그래서 왼손을 활짝 펼쳐 자신이 가장 자랑하는 장력인 무영신장(無影神掌)을 발출했다.

무영신장은 웬만한 고수라고 해도 육안으로 보이지 않으며 그 무엇보다 빠르다.

더구나 와룡후가 전력으로 발출했을 때 다섯 치 두께의 철판을 종잇장처럼 찢으며 관통하는 무시무시한 위력이 실려 있다.

당금 무림에 그 정도 위력을 지닌 장력은 무영신장을 비롯하여 다섯 종류뿐이다.

그는 십육 세 때 부친에게 전수받은 환영장(幻影掌)에 자신이 속가제자로 있으면서 장문인에게 전수받았던 소림사의 절학 쇄룡장(碎龍掌)을 접목시켜서 전혀 새로운 장법을 창안해

냈다.

그리고 그것을 오 년 동안이나 갈고 닦아서 무영신장을 탄생시켰다.

똑같은 처지에서는 와룡후가 용비보다 훨씬 고강하다. 그는 그것을 충분히 발휘했다.

쩍!

무영신장이 용비의 가슴 한복판에 무지막지하게 적중되는 것과 동시에 채찍으로 변한 사신검이 와룡후의 목을 휘감아왔다.

그는 그것에 스치기만 해도 자신의 목이 잘라질 것이라는 사실을 직감했다.

파아…….

목이 잘리면 그 즉시 죽고 만다. 그는 재빨리 왼팔을 들어 채찍을 막는 것과 동시에 상체를 뒤로 젖히며 피하는 동작을 병행했다.

그것은 절대로 엉겁결에 취한 행동이 아니다. 팔이 잘라질 수도 있다는 사실을 염두에 둔 행동이다.

목이 잘리는 것보다는 낫기 때문이다. 목 대신 팔을 내어준 것이다. 만약 요행이 피하는 것이 성공하면 팔을 보존할 수 있을 터이다.

새카만 먹빛 윤기가 자르르 흐르는 채찍이 그의 팔꿈치 아래 부위에 감기는가 싶더니 팔뚝을 뎅겅 잘랐다. 그의 요행은 이루어지지 않았다.

쿠다다다…….

용비는 오륙 장이나 날려가서도 단단한 돌바닥에 떨어져 오륙 장쯤 더 밀려 나갔다.

그는 엎드린 자세로 사지를 늘어뜨리고 온몸을 격렬하게 부들부들 떨었다.

정신이 아득했으며 고통은 느껴지지 않았다. 단지 온몸에 힘이 없고 땅속으로 끝없이 가라앉는 느낌이다. 이렇게 죽는구나라는 생각이 들었다.

"이놈 자식……."

어렴풋이 와룡후가 분을 삭이지 못해서 중얼거리는 소리가 들렸다.

용비는 몸을 움직일 수 없어서 눈만 떴다. 그는 뺨을 돌바닥에 대고 있었는데 저만치에서 와룡후가 이쪽으로 쏘아오고 있는 모습이 흐릿하게 보였다.

와룡후는 분노로 일그러진 얼굴이며 팔꿈치 아래에서 잘라진 왼팔에서 피가 샘물처럼 콸콸 쏟아지는데도 지혈할 생각을 하지 않았다.

그는 용비를 죽이겠다는 생각만 했다. 이런 상황에서는 만절사신도 따윈 모른다. 알고 싶지도 않다. 이제는 관심도 없다.

지금 이 순간에는 오로지 저 가증스러운 놈을 갈가리 찢어 죽이고 싶을 뿐이다.

그러나 용비의 생각은 달랐다. 그는 지금 자신이 죽어가고 있는 이 순간에도 허실을 구해야겠다는 일념만을 가슴에, 아니, 이제 막 피어나기 시작한 사랑에 심고 있었다.

그냥 이렇게 죽는 것은 너무 억울하다. 그는 자신이 지금 죽을 수 없는 이유를 만 가지도 더 댈 수 있다.

그중에 한 가지가 와룡후가 용비를 죽이려는 이유보다도 더 클 터이다.

"흐으으……"

위기를 느낀 그는 두 손으로 돌바닥을 짚고 퉁기듯이 벌떡 일어나 두 발로 우뚝 섰다.

그러나 정신력으로 버티고 일어섰기 때문에 다리가 후들후들 마구 떨렸다.

"우욱……"

그리고 입에서는 조각난 내장과 함께 검붉은 핏덩이가 꾸역꾸역 흘러나왔다.

무영천자 와룡후의 무영신장을 정통으로 가슴에 적중당했으니 온전할 리가 없다.

다섯 치 두께의 철판을 찢어발기는 위력이니 뼈와 살로 이루어진 육신인들 온전하겠는가.

가슴의 갈비뼈는 모조리 박살났으며 장기와 내장이 으스러진 상태다.

즉사하지 않은 것이 기적일 지경인데도 두 발로 버티고 서 있는 것이다.

"으으……."

와룡후가 삼 장 거리까지 쇄도하고 있는데도 용비는 중심을 잡지 못하고 쓰러질 듯이 비틀거렸다.

그러다가 그는 한 가지 궁여지책을 생각해 냈다. 도저히 서 있을 힘조차 없는 것처럼 보이다가 최후의 일격을 가하자는 것이다.

하지만 그것은 궁여지책도 뭣도 아니다. 사실 그는 서 있을 힘조차 없어서 실제로 무릎이 꺾여 돌바닥에 무릎을 꿇고 말았다.

'제발…….'

그는 간절한 마음으로 공력을 끌어올렸으나 곧 실망을 금치 못했다.

단 한 움큼의 공력도 모아지지 않았다. 몸이 만신창이가 됐는데 공력이 모아진다면 이상한 일이다. 이제는 와룡후에게 죽을 수밖에 없는 상황이다.

'싫어…….'

와룡후가 이 장까지 쇄도하고 있을 때 용비는 처절하게 허실을 불렀다.

“……!”

그런데 그때 마치 허실이 응답이라도 하는 것처럼 단전에서 무언가 꿈틀거리더니 뜨겁고도 거센 기운이 활화산처럼 솟아올랐다.

용비는 그것이 무엇인지 순간적으로 깨닫고 내심 놀라고 기뻐서 크게 외쳤다.

‘대신!’

그는 호신도에 들어가서 대신에게 모든 것을 배우고 그림에서 나왔었다.

그때 그림 속에 있던 대신이 밖으로 뛰쳐나와 그에게로 들어왔었다.

아니, 흡수됐었다. 그 당시에 대신이 단전에 무언지 알 수 없는 기운으로 단단하게 뭉쳐졌었는데 바로 지금 이 순간에 그것이 솟아오르고 있는 것이다.

용비는 그 기운을 오른팔에 가득 모으고 왼손으로는 바닥을 짚으면서 일어나려고 애쓰는 듯한 모습을 보였다.

“죽어라! 이놈!”

쿠아앗!

지척까지 쇄도한 와룡후가 오른팔을 뒤로 젖혔다가 장심

을 활짝 펼치자 손바닥에서 예의 보이지 않는 기운이 폭발하듯이 뿜어졌다.

지금 이 상황에서의 용비는 생사를 장담할 수가 없다. 그런 판국에 무영신장을 한 대 더 적중당하면 대라신선이라고 해도 죽을 수밖에 없을 것이다.

그 순간 용비는 일어서려던 자세에서 왼발 발끝으로 돌바닥을 박차면서 상체를 뒤로 쓰러뜨려 무영신장을 피하는 것과 동시에 와룡후를 향해 힘껏 오른손을 떨쳤다. 지금 이 상황에서 취할 수 있는 최대한의 동작이다.

화우웅!

괴이하면서도 엄청난 폭음이 터졌다.

용비는 공력이 모아지지 않는 상태였다. 그래서 순전히 대신이 체내로 들어와서 만들어진 백호공, 아니, 대신공(大神功)만을 발출했다.

하지만 발출하는 순간에도 그는 그 위력에 대해서는 자신할 수가 없었다.

한 번도 사용해 본 적이 없으며 그것이 무엇인지도 모르고 있기 때문이다.

화르르룽!

와룡후는 자신을 향해서 백색의 빛이 뿜어져 오는 것을 발견하고 움찔했다.

그것은 단순한 백색의 빛이 아니다. 백색처럼 보이지만 안쪽이 새빨간 색, 즉 이글거리는 불꽃이다. 즉, 지독하게 뜨거운 극열지기(極熱之氣)인 것이다.

와룡후는 다 죽어가던 용비가 이런 엄청난 장력을 전개할 줄은 전혀 예상하지 못했었다.

깜짝 놀란 그는 앞뒤 생각할 겨를도 없이 다급히 돌바닥으로 몸을 던졌다.

무림에서 삼류무사조차도 사용하기를 기피한다는 나려타곤(懶驢打滾), 즉 게으른 나귀가 바닥을 구른다는 비참한 수법이다.

그가 제아무리 절정고수라고 해도 까딱하면 극열지기에 통구이가 될 판에 무엇인들 못하겠는가.

화르르—

나려타곤을 전개한 덕분에 용비가 발출한 대신공이 아슬아슬하게 와룡후의 어깨 옆을 스쳐 지나갔다.

단지 그것뿐인데도 그는 살이 익어버리는 듯한 극렬한 열기를 느꼈다.

와룡후는 등이 바닥에 닿기 직전에 용비가 반대쪽으로 쓰러지고, 아니, 몸을 기울여서 피하고 있는 광경을 발견했다. 그의 무영신장이 빗나간 것이다.

그 순간 용비도 와룡후를 발견하고 같은 생각을 했다. 그리

고 두 사람은 똑같이 쓰러지고 있는 상대에게 미친 듯이 대신
공과 무영신장을 뿜어냈다.

위이잉!

화르릉!

둘 다 쓰러지는 상대에게 발출했기 때문에 실패할 수가 없
다. 그 말은 둘 다 성공하고 또 적중됐다는 뜻이다.

퍽!

푸학!

무영신장과 대신공이 용비와 와룡후에게 적중되었다.

용비는 거센 바람에 흩날리는 가랑잎처럼 허공으로 훌훌
날아갔다.

와룡후는 땅에 쓰러진 상태에서 뒤로 화살처럼 퉁겨지며
밀려갔다.

“으아아—”

비명을 터뜨린 사람은 와룡후다. 그는 대신공의 극열지기
에 가슴이 적중되는 순간 살과 뼈가 시커멓게 타버렸으며, 옷
과 몸에 불이 붙어버렸다.

어떻게 해볼 새도 없이 불길이 얼굴과 머리카락으로 옮겨
붙었다.

그는 미친 듯이 몸을 구르면서 두 손으로 불을 끄려고 발버
둥을 쳤다.

그러는 중 시뻘건 불꽃 사이로 허공에 떠 있는 용비의 모습을 발견했다.
그런데 갑자기 용비의 모습이 눈앞에서 씻은 듯이 사라져 버렸다. 낭떠러지 아래로 추락한 것이다.

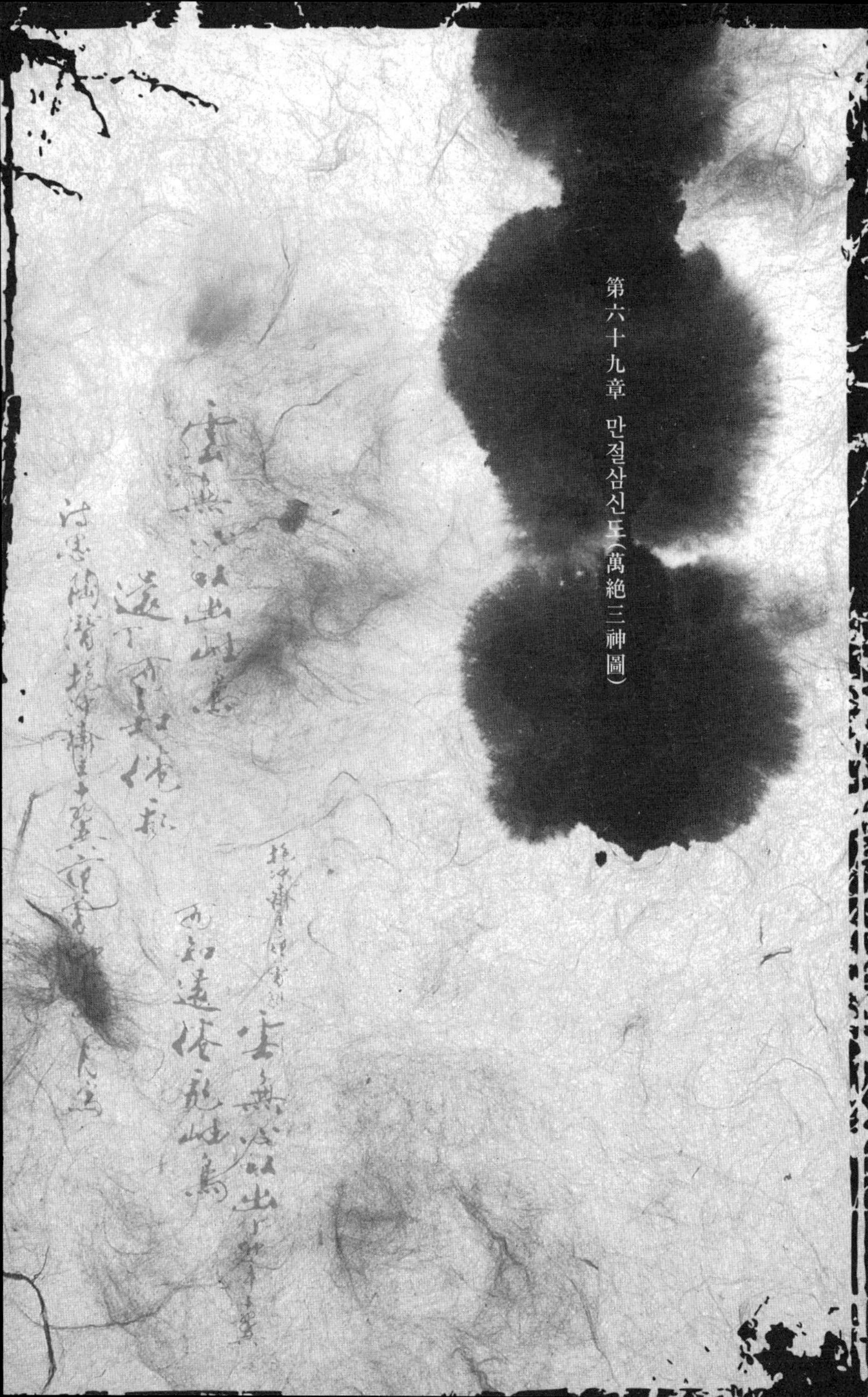
第六十九章 만절삼신도(萬絶三神圖)

萬能書生
능성
만서

　몇 개의 급류와 몇 개의 폭포, 몇 개의 잔잔하게 굽이치는 강물을 따라 흘러왔는지 모른다.

　그리고 그는 죽었는지 아니면 아직 숨이 붙어 있는 것인지도 모른다.

　그곳은 남구릉(南丘陵)이라는 거대한 대산맥의 깊은 한가운데였다.

　복건성과의 접경지역인 광동성 최북단에서 시작하여 팔백여 리나 서남쪽으로 길게 뻗어 연화산(蓮花山)에서 끝나는 대산맥이 남구릉이다.

용비는 강가의 어느 자갈밭에 상체는 물 밖에 나와 있고 허리부터는 물속에 잠긴 상태로 엎어져 있었다.

그는 와룡후의 두 번째 무영신장에 적중되는 순간 귀식대법을 전개했었다. 강물로 추락할 것이기 때문에 그것은 본능적인 행동이었다.

그로부터 얼마나 시간이 흘렀으며 또 추락한 낭떠러지에서 얼마나 흘러왔는지 알 수가 없다.

귀식대법의 한계는 반나절이다. 만약 물속에서 떠내려 오는 도중에 귀식대법이 풀렸다면 혼절한 상태에서 익사하여 죽었을 것이다.

"음……."

용비는 무언가 자신의 얼굴을 간질이는 바람에 긴 혼절에서 깨어났다.

그가 신음 소리를 내자 뺨을 쓰다듬는 것 같던 동작이 뚝 멈추었다.

그는 눈동자를 굴리다가 바로 옆에 서 있는 시커멓고 거대한 물체를 발견했다.

그것은 엄청난 크기의 곰이었다. 동면을 하기 전의 곰은 닥치는 대로 먹어치워 몸을 최대한 불려놓는다.

그렇게 하지 않으면 동굴 속에서 동면을 하다가 굶어 죽기 때문이다.

곰은 용비를 먹기 전에 유희를 즐기려고 혀로 뺨을 핥은 것
이다. 맹수들은 먹잇감을 먹기 전에 잠시 동안 핥는 습관이
있다.

우억!

용비가 두 손으로 자갈밭을 짚고 일어나려고 꿈틀거리자
곰이 두 걸음 물러나더니 다시 돌진하며 시뻘겋고 커다란 입
을 벌리며 물어뜯으려고 했다.

움찔 놀란 용비는 일어나려던 자세에서 두 팔을 지탱하고
번쩍 오른발을 날렸다.

콱!

그의 발끝이 곰의 턱 아래 목에 꽂혔다.

크워억!

곰은 크게 울부짖으며 뒤로 육중하게 쓰러졌다.

"헉헉헉……."

용비는 다시 자갈밭에 쓰러진 채 거친 숨을 몰아쉬었다. 곰
의 공격에 다급해서 반사적으로 일격을 가했으나 그 대가가
너무 컸다.

자신의 몸이 어떤 상태인지 알지도 못하는 상황에서 순간
적으로 공력을 끌어올려 발차기 일격을 가했던 것이다.

온몸이 아프지 않은 곳이 없다. 특히 가슴을 비롯한 상체가
갈가리 찢어지는 것 같았다.

　더구나 방금 한 번의 발차기에 그는 정신이 아득해지면서 빠르게 혼절의 늪으로 빠져들었다.

　그가 마지막으로 한 생각은, 만약 곰을 일격에 죽이지 못했다면 자신의 생이 곰의 먹이로 끝난다는 것이었다.

　또 얼마나 시간이 흘렀을까. 용비는 다시 정신을 차리면서 힘겹게 눈을 떴다.

　제일 먼저 보이는 것은 밤하늘과 그곳에 은모래를 뿌려놓은 듯한 은하수였다.

　'아직 살아 있구나…….'

　지옥에는 은하수가 있을 것 같지 않았다. 평소에 그는 자신이 악행을 많이 저질렀기 때문에 죽으면 지옥에 떨어질 것이라고 생각했었다.

　또한 마치 깨어나기를 기다렸다는 듯이 엄습하는 이 무지막지한 온몸의 고통도 지옥에서는 느끼지 못할 것이다. 고로 그는 자신이 살아 있다고 생각했다.

　움직이려고 해봤으나 뜻대로 되지 않았다. 한참이 지나서 고개를 약간 좌우로 돌리는 것이 가능해졌다.

　이 장쯤 떨어진 자갈밭에 작은 동산처럼 거대하고 시커먼 물체가 보였다.

　용비의 발차기 일격에 즉사한 곰이 쓰러져 있는 모습이었다. 곰이 죽었으니 용비가 살아날 수 있었다.

다행한 일이다. 그 당시에 용비의 발차기에는 곰을 즉사시킬 만한 공력이 실려 있지 않았었다.

그의 발끝이 곰의 목 급소를 정확하게 찍었기 때문에 곰을 죽일 수 있었던 것이다.

'실아……'

살아났다는 것이 실감나자마자 허실이 생각났다. 지금쯤 그녀는 어떻게 되었을까.

그녀는 용비를 떠나서는 아무것도 하지 못하는 그저 응석받이에 천덕꾸러기다.

철천지원수 같은 절대십천의 절대자 중 한 명인 주천주가 용비에게 생명처럼 소중한 사람이 될 줄이야 어느 누가 짐작이라도 했겠는가.

이 모든 것들이 누군가 전지전능한 능력을 가진 존재가 어딘가에 숨어서 몰래 장난을 치고 있는 것만 같았다. 사람들은 그 존재의 장난질을 운명이라고 부른다.

'이것도 내 운명인가……'

용비는 눈을 껌뻑거렸다. 한 번 껌뻑거릴 때마다 허실의 모습이 점점 더 선명해지더니 나중에는 눈을 뜨나 감으나 눈앞에서 사라지지 않았다.

용비는 낭떠러지 위에서의 싸움에서 마지막 순간에 와룡

후가 대신공에 적중당해 온몸이 불길에 휩싸이는 것을 보면서 낭떠러지에서 추락했었다.

그런 불길이라면 와룡후는 살아남지 못했을 것이다. 그러면 허실은 어찌 되는 것인가.

'개 같은 운명……'

그는 속으로 투덜거리고 난 후에 한번 운공조식을 시도해 보려고 마음먹었다.

그러나 시도 자체가 되지 않았다. 그러는 데에는 여러 원인이 있을 것이다.

우선 운공조식이란 가부좌의 자세를 잡고 해야 하는데 누워서 하니까 될 리가 없다. 그리고 온몸이 만신창이 상태라서 공력이 아예 모아지지 않아서 운공조식 자체를 시작할 수가 없는 상태다.

그렇지만 무슨 수를 써서라도 해야만 한다. 공력이 조금이라도 모이고 또 최소한의 치료라도 해야지만 소생할 수가 있기 때문이다.

이대로 아무것도 하지 못한다면 이렇게 누운 상태로 고스란히 죽음을 맞이할 수밖에는 없다. 그러면 그를 알고 있는 사람들은 그의 시체조차 찾지 못하고, 그가 어떻게 누구에게 죽었는지도 알지 못할 것이다.

용비는 지금까지 한 번도 그런 생각을 해본 적이 없었는데 이런 상황이 되니까 어째서 운공조식은 반드시 가부좌로 해야만 하는 것인가라는 사실에 의문이 생겼다.

그것은 공력의 운용이나 기혈의 흐름이 가장 원활한 자세가 가부좌이기 때문일 것이다.

또한 그 자세가 심신의 평정심을 유지하는 데 도움이 된다는 측면도 있을 터이다. 용비는 그런 이유 외에는 달리 생각나는 것이 없었다.

그런 정도의 이유라면 굳이 누워서 운공조식을 하지 못할 이유가 없다.

웬만큼 노력을 기울이면 누워서라도, 아니, 어떤 자세라도 평정심을 유지하거나 공력, 기혈의 흐름을 원활하게 할 수 있을 테니까 말이다.

문제는 최초의 운공조식을 시작할 한 움큼의 공력을 모으는 것이다.

산과 들을 온통 불태우는 거대한 불도 처음에는 작은 불씨에 불과하다.

그로부터 두 시진이 지났다.

용비는 처음에 정신을 차리고 깨어났을 때보다 훨씬 더 지쳐서 헐떡거릴 기운조차도 없는 상태가 되었다.

한 움큼의 공력을 모으느라 두 시진 동안이나 아등바등했기 때문이다.

겨우 한 움큼의 공력인데도 전혀 모아지지 않았다. 한 움큼이 아니라 그것의 십분의 일조차도 어려웠다.

용비는 그 원인을 오래 생각해 보지 않아도 짐작할 수 있었다. 필경 단전이 파훼되고 오장육부가 으깨어진 상태이기 때문이다.

공력을 모아두는 곳이 단전, 즉 기해혈(氣海穴)이고, 공력이 순환하는 길이 오장육부를 수백 가닥으로 연결하는 혈맥인데, 그것들이 모두 망가졌으니 어찌 공력이 모아질 수가 있다는 말인가.

그래도 그는 절망하지 않았다. 그는 그토록 강퍅한 삶을 살아왔었지만 단 한 번도 절망해 본 적이 없었다.

남들이라면 백 번 천 번 절망에 빠져서 포기했을 만한 상황에 처했어도, 그는 희망을 버리지 않고 온몸을 불태우며 노력하여 끝끝내 절망에서 빠져나왔었다. 원래 그는 절망이란 놈하고 친하지 않다.

지금은 그가 여태껏 겪었던 어느 절망적인 상황보다도 훨씬 심각했다.

생각할 수 있는, 아니, 말도 되지 않는 온갖 방법을 다 동원해 봤으나 운공조식에 필요한 한 움큼의 공력은 끝내 모아지지 않았다.

절망이라고는 모르는 용비조차도 이 지경에 이르자 스멀스멀 절망이라는 놈이 고개를 쳐들기 시작했다.

'하아……. 도저히 방법이 없는 것인가.'

절망의 입구에 들어서자 방법은 생각나지 않고 온갖 잡생각들만 머릿속에 가득했다.

그러다가 그가 낭떠러지에서 추락하는 순간에 목격했던 와룡후의 모습이 스쳤다.

온몸이 거센 불길에 휩싸여서 버둥거리고 있는 통렬한 광경이었다.

그런데 그 순간 용비의 뇌리에 번갯불처럼 번뜩이는 것이 있었다.

'대신공이다!'

그는 와룡후에게 첫 번째 무영신장을 적중당했을 때 이미 한 움큼의 공력조차 모을 수 없는 상황이었다.

그때 재차 공격해 오는 와룡후를 상대하기 위해서 고심하다가 느닷없이 대신공이 솟구쳤었다.

그뿐만이 아니다. 그가 와룡후에게 두 번째 무영신장을 적중당해 낭떠러지로 추락할 때 본능적으로 귀식대법을 전개했었는데 그게 성공했었다.

아니, 성공했는지 실패했는지는 모르지만 지금 그가 살아 있는 것을 보면 성공한 것이 분명했다.

귀식대법을 일으키는 데에도 얼마 정도의 공력이 필요하다. 그러므로 그 당시 귀식대법을 일으킨 공력은 대신공이었을 것이다.

'그래! 어쩌면 대신공이 가능할지도 모른다!'

대신이 그의 몸에 흡수된 직후에 그는 단전에 뭔가 새로운 기운이 형성되는 것을 느꼈었다.

그래서 운공조식을 통하여 그 기운을 자신 공력으로 통합시켰으며, 그 당시에는 그것이 백호공일 것이라고 막연하게 생각했었다.

하지만 얼마 전에 와룡후와 싸울 때 용비는 공력을 한 움큼도 끌어올리지 못하는 상황에서 갑자기 대신공이 솟구쳐서 그것을 발출했었다.

그렇다는 것은 대신공이 그의 공력, 즉 본신공력하고는 하등의 상관이 없다는 뜻이다.

그러므로 본신공력이 소멸된 상황에서도 대신공은 끌어올리는 것이 가능하다는 것이다.

'대신공을 끌어올려서 운공조식을 시작해 보자.'

그러나 문제가 남았다. 대신공이 체내의 어디에 있는지도 모르기 때문에 어떻게 끌어내는지 방법이 난감했다. 무턱대고 시도하는 것은 드넓은 백사장에서 바늘 하나를 찾는 것만큼이나 불가능한 일이다.

용비는 와룡후하고 싸울 때의 기억을 다시 차근차근 더듬어보았다. 그 당시에는 너무도 절박했었다. 하지만 절박한 상황이라고 해서 아무 때나 대신공이 솟구치는 것은 아닐 듯했다.

'대신공은 내 본신진기하고 합쳐진 것이 아니다. 그런데도 내 몸속 어딘가에 분명히 존재하고 있다.'

이 궁리 저 궁리 계속하고 또 그것들을 부지런히 시도해 봤으나 도통 대신공이 생성되지 않았다.

답답한 나머지 그는 대신을 떠올리며 이루어지지도 않을 도움을 청해 보았다.

'대신. 도대체 어떻게 하면 되는 것이냐?'

스후우…….

그런데 느닷없이 단전이 뜨거워지는 것 같더니 온몸에 뜨거운 열기가 느껴졌다.

'대신공이다!'

와룡후를 공격할 때의 그 느낌이 온몸에 엄습하자 그는 내심 기쁨의 탄성을 터뜨렸다.

그는 마침내 대신공을 이끌어내는 열쇠를 찾았으며 그 방법은 의외로 간단했다.

머릿속에서 대신을 생각하기만 하면 되는 것이었다. 과연 대신다웠다.

‘됐다.’

어렵게 한 고비를 넘었으나 또 하나의 고비가 남아 있다. 과연 가부좌가 아닌 누운 자세에서도 운공조식이 가능하냐는 것이다.

그렇지만 그것은 대신공을 어떻게 끌어내느냐에 대해서 고심한 것에 비하면 고비라고 할 수도 없었다.

손가락 하나 까딱하기 어려운 상태에다 운공조식을 해야만 하는 절박한 상황이 이미 누워서도 운공조식을 할 수 있는 환경으로 만들어주었다.

이윽고 용비는 대신공을 불씨로 삼아서 운공조식을 시작했다. 대신공하고 그의 본신의 공력하고는 별개지만 크기로만 따진다면 대신공이 본신공력의 삼 할 정도 수준이었다.

용비가 운명과 싸우고 있는 심심산곡에도 밤이 지나가고 아침이 찾아왔다.

용비는 밤새 잠시도 쉬지 않으면서 줄기차게 운공조식을 했다. 몇 차례나 했는지 일일이 세지는 않았지만 대략 이십 차례 이상 한 것 같았다.

그는 공력을 회복하는 것보다는 치료를 우선으로 했다. 지금은 무엇보다 몸을 움직일 수 있을 정도로 치료하는 것이 급선무다.

그렇다고 해서 간신히 몸만 움직이게 해서는 아무런 소용이 없다. 최소한 어느 정도로 무공을 전개할 수 있을 정도가 돼야만 한다.

그래야지만 당장 뭐가 튀어나올지 모르는 이런 깊은 산중에서 몸이라도 지킬 수 있을 테니까 말이다.

기적이란 절망하지 않고 노력하는 사람에게만 찾아오는 것 같았다.

꼬박 밤을 새워 운공조식을 한 결과 아침나절이 되었을 때 용비는 본신공력의 사 할 정도를 회복했으며, 어느 정도 몸을 움직일 수 있을 정도로 치료에 진전을 보았다.

"끙……."

그는 이곳에 떠내려 온 지 며칠이나 지났는지도 모를 정도로 오랜만에 자신의 두 발로 자갈밭을 딛고 천천히 일어서는 데 성공했다.

가슴이 빠개질 것만 같고 머리가 몹시 어지러웠으나 다시 주저앉지는 않았다.

다른 무림고수들 같았으면 지금 그의 상처 정도로는 기어다니지도 못할 터이다.

그런 것을 보면 그가 얼마나 지독한 독종인지 짐작할 수 있을 것이다.

스르… 툭!

그때 그의 너덜너덜한 상의 안쪽에서 무언가 아래로 흘러 내리다가 허벅지에서 멈추고는 흔들거렸다.

그것은 엄지 두 배 굵기의 피리만 한 길이의 새카만 윤기가 흐르는 대롱이었다.

여의신벌을 떠날 때부터 한시도 몸에서 떼어놓지 않았던 물건이다.

아니, 구련산의 소에서 허실과 헤엄을 칠 때와 또 오화현에 서 대취하여 그녀와 정사를 나누느라 옷을 벗었을 때 몸에서 떼어놓은 적이 있었다.

그것은 그림, 즉 만절사신도 중에서 호신도를 제외한 세 장 이 들어 있는 화통(畵筒)이다.

만절사신도를 분신처럼 지니고 다니라면서 한정이 천산(天 山)에서만 나는 흑오목(黑烏木)을 구해서 대롱을, 그리고 질기 기가 소의 힘줄보다 수십 배나 강한 선잠사(仙蠶絲)를 꼬아서 줄을 만들어서 화통을 완성시켰었다.

그녀는 화통에 만절삼신도를 넣고 마개를 꼭 닫은 다음 화 통에 연결된 선잠사를 용비의 상의 안쪽 맨살 어깨에 단단하 게 부착하는 방법을 고안하여 몇 차례 그에게 직접 실습을 시 키기도 했었다.

그리고는 어딜 가더라도 그리고 무슨 일이 있어도 화통을 몸에서 떼어놓지 말라고 신신당부했었다.

용비는 한정의 당부를 꼭 지켰으나 딱 두 번 어겼었다. 그러나 정작 중요한 순간에는 지켰기에 만절삼신도를 잃어버리지 않을 수 있었다.

뽁!

용비는 화통의 뚜껑을 열었다. 만절삼신도는 처음에 돌돌 말아서 집어넣었을 때와 다름없이 그대로 있었다.

추격대에 쫓기면서 무이산과 구련산을 질주하고, 또 와룡후와 싸우면서 만신창이가 되면서도 만절사신도를 잃어버리지 않은 것은 순전히 한정 덕분이었다.

문득 용비는 여의신벌을 떠나서 나부파까지 가는 긴 여정 동안, 그리고 이후에 와룡후하고 마주쳤을 때 자신의 무공이 약했던 탓에 겪어야만 했던 여러 쓰라린 상황들이 뼈아프게 떠올랐다.

그는 만절삼신도를 꺼내서 한 장씩 자세히 펼쳐본 후에 다시 화통에 잘 집어넣었다.

그리고는 화통을 지그시 움켜잡고 강 건너 병풍처럼 깎아지른 절벽을 응시했다.

그의 얼굴에 어떤 단호한 표정이 은은하게 떠올랐다.

'그래. 이왕 이렇게 된 일. 이곳에서 만절삼신도를 다 배우는 것이 좋겠다.'

원래 만절사신도 속에서의 열흘은 현실 세계에서는 하루

에 불과하다.

그러니까 그림 하나에 한 달씩 석 달만 익히면 수법에 대해서는 완벽하게 터득할 수 있을 것 같았다.

그 수법들을 숙련시키는 것은 그림에서 나와 현실 세계에서 활동을 하며 틈틈이 연마를 하면 충분할 터이다.

결심을 한 용비는 천천히 주위를 둘러보았다. 이제부터 석 달 동안 안전하게 은신할 장소를 찾으려는 것이다.

그의 시선이 강 건너 절벽으로 향했다. 들쑥날쑥하게 강을 따라서 길게 이어진 절벽 어딘가에 은밀한 동굴이 있다면 겨울을 나면서 석 달을 보낼 수 있을 것이다.

*　　　*　　　*

산동성에 위치한 천하의 명산 태산(泰山).

산동성의 거의 중심에 둘레 구백여 리의 어마어마한 산맥군이 있는데 바로 태기산맥(泰沂山脈)이다.

이 산맥의 서쪽 끝자락에 태산과 동쪽 끝자락에 기산(沂山)이 위치하고 있어서 두 산의 이름을 따서 태기산맥이라고 부른다.

태산에서도 가장 경치가 좋은 동남쪽에는 문수(文水)라는 맑고 아름다운 강이 흐르고 있다.

그리고 문수의 상류에 천하에서 가장 거대한 방파인 절대
십천이 자리를 잡고 있다.

하나의 크고 두툼하며 털이 수북하게 난 손이 또 다른 희고
가녀리며 섬세한 손의 손목을 잡고 있다.

황궁의 규중심처인 양 더 이상 화려할 수 없는 실내의 침상
에 두 사람이 있다.

누워 있는 사람은 최고급의 비단으로 만든 궁장 차림의 옷
을 입고 있는 허실이다.

그녀는 창백한 안색이며 깊은 잠에 빠진 듯 눈을 감고 있는
모습이다.

광동성 오화현에서 와룡후에게 제압된 이후 줄곧 혼절에
빠져 있는 그녀다.

침상 가에 걸터앉아서 허실의 손목을 잡고 있는 인물은 오
십대 중반쯤 된 나이에 천룡이 수놓아진 금의장포를 입고 있
다.

반 뼘 정도의 별로 길지 않은 수염을 코밑과 입가, 턱에 기
른 그는 마치 관운장을 빼닮은 듯한 우람하고 큰 체구와 용모
를 지녔다.

그가 바로 절대십천 열 명의 절대자 중에서도 최고 신분인
태천주 천무황(天武皇) 도담천(都覃天)이며 허실, 아니, 도영

매의 부친이다.

그는 지그시 눈을 감은 상태에서 허실의 손목을 짚고 그녀의 상태를 진맥하고 있는 중이다.

슥…….

이윽고 그는 반각 만에 허실의 진맥을 끝냈다.

허실을 굽어보는 그의 얼굴에는 별다른 표정이 떠올라 있지 않았다.

다만 무남독녀 외동딸을 염려하는 아비의 자상함만이 잔잔하게 떠올라 있었다.

그는 딸을 진맥하여 몇 가지 사실을 알아냈다. 첫째, 그녀가 가볍지 않은 내상을 입었다는 것. 둘째, 기억을 잃었다는 것. 셋째, 심신이 매우 허약해졌다는 것. 넷째, 그녀가 순결을 잃었다는 사실 등이다.

첫째와 셋째는 웬만한 의원이라면 능히 알아낼 수 있는 사실이다.

그런데 그녀가 기억을 잃었다는 것과 순결을 잃은 사실까지 진맥만으로 간파한 것은 놀라운 일이 아닐 수 없다.

더 놀라운, 아니, 경이로운 일은 태천주 도담천이 자신의 능력으로 세 가지 증상을 모두 치료할 수 있다는 사실이다. 다만 잃어버린 순결만은 그로서도 어찌할 수가 없다.

그는 커다란 손을 뻗어 허실의 이마와 머리를 부드럽게 쓰다듬었다.

그녀를 굽어보는 그의 얼굴에는 사랑스러움과 자상함이 넘쳐흘렀다.

*　　　*　　　*

광동성 최대의 산맥 남구릉은 여름을 향해서 숨 가쁘게 달려가고 있는 중이다.

이곳 남쪽에 있는 여름의 산은 중원하고는 또 다른 풍경을 연출하고 있다.

열대지방에 가깝다 보니까 나무와 풀이 중원에 비해서 몇 배나 키가 크고 나뭇잎과 풀잎도 중원보다 훨씬 커서 산 전체가 하늘이 올려다 보이지 않을 정도의 울울창창한 밀림을 형성하고 있다.

절벽의 높이는 팔십여 장쯤 됐다.

그 절벽의 아래쪽에는 강물이 넘실거리며 흐르고, 강에서 약 오십여 장 높이 암벽에 몇 그루 소나무들이 기기묘묘한 모양을 형성한 채 뿌리를 내리고 있다.

그 소나무들에 가려졌기 때문에 거의 보이지 않는 하나의 작은 동굴입구가 있다.

지금 그곳으로 시커먼 물체가 기어 나오고 있다. 물체는 사람 정도 크기인데 짐승 같은 모습이다.

슥…….

괴이한 물체는 동굴 밖으로 나와 한 그루 소나무의 옆으로 길게 누운 가지를 딛고 몸을 쭉 펴며 우뚝 섰다.

그 물체는 바로 사람이었다. 치렁치렁 머리카락이 허리까지 자랐으며, 완전히 입을 가린 검은 수염이 가슴까지 자랐고, 몸에는 옷이라고 부르기도 민망한 걸레조각 같은 것을 간신히 걸치고 있는 모습이었다.

하지만 때가 더덕더덕한 얼굴에서 한 쌍의 눈만은 무엇보다도 더 밝게 반짝이고 있었다.

그는 작년 초겨울에 만절삼신도를 터득하기 위해서 동굴로 들어갔던 용비였다.

'얼마나 지난 것인가?

그는 절벽 아래의 강과 그 너머의 숲을 둘러보면서 내심 중얼거렸다.

그는 동굴 속에서 만절삼신도의 세 가지 절학을 모두 터득하는 동안 동굴 밖으로는 한 번도 나오지 않았었다.

아니, 터득했다기보다는 무공으로써 전개할 수 있을 만큼 숙달될 때까지 연마를 했었다.

'벌써 여름이란 말인가?

그는 산의 신록이 짙푸르게 우거진 것을 보고 조금 어이없는 표정을 지었다.

극구광음(隙駒光陰). 달려가는 말을 문틈으로 본 것처럼 빠른 것이 세월이라고 하더니 과연 그 말이 옳다.

만절삼신도의 절학들을 익히느라 세월 가는 줄도 모르고 심취했었던 것이다.

지금이 여름이라면 최소한 팔 개월이 흘렀으며 날짜로는 이백사십여 일이다.

그렇다는 것은 만절삼신도 속에서 이천사백여 일, 햇수로 육 년하고도 칠 개월을 보냈다는 뜻이다.

신선놀음에 도끼자루 썩는 줄 모른다더니 딱 이 같은 경우를 두고 하는 말이다.

그는 저 멀리 푸른 하늘을 응시했다. 거기에 아름다우며 귀여운 허실의 장난스러운 얼굴이 뜬구름처럼 떠올랐다.

"실아……."

팔 개월 만에 현실 세계로 돌아온 그가 가장 먼저 생각나는 사람이 허실이었다.

그 당시에 허실은 와룡후에게 제압된 것이 분명했다. 그리고 와룡후가 용비와 싸울 당시에 아마도 그녀는 와룡후의 수하에게 맡겨져 있었을 것이다.

이후 와룡후가 용비의 대신공에 불타서 죽었기 때문에 그

녀는 와룡후의 수하에 의해서 절대십천으로 보내졌을 가능성
이 크다.

결국 그녀는 자신의 집으로 돌아갔으며, 기억을 되찾았을
지는 알 수 없다.

만에 하나 그녀가 기억을 되찾았다면 기억을 잃은 후에 있
었던 일들, 그러니까 용비하고의 추억은 모두 잊어버렸을 가
능성이 있다.

그렇다면 다시 원점으로 돌아간 것이다. 나중에 용비와 그
녀가 다시 만나게 되는 일이 생긴다면, 그때 두 사람은 전혀
낯선 타인인 것이다.

허실이 그토록 용비를 따랐으며 그를 용랑이라 부르고 또
결국은 부부지연까지 맺었으나 그런 것들 모두를 기억하지
못하고 다시 적이 될 것이다.

허실을 잃지 않으려 했다면 팔 개월 전에 와룡후에게 뺏기
지 말았어야만 했다.

후회란 아무리 빨라도 늦다. 그러므로 후회할 행동을 애당
초 하지 말아야만 한다. 이제 와서 후회한다고 그녀가 다시
돌아올 리 없다.

돌아온다고 해도 용비를 기억하고 있을지 미지수다. 이제
그녀는 없다. 가장 현명한 방법은 용비가 하루빨리 그녀를 잊
는 것뿐이다.

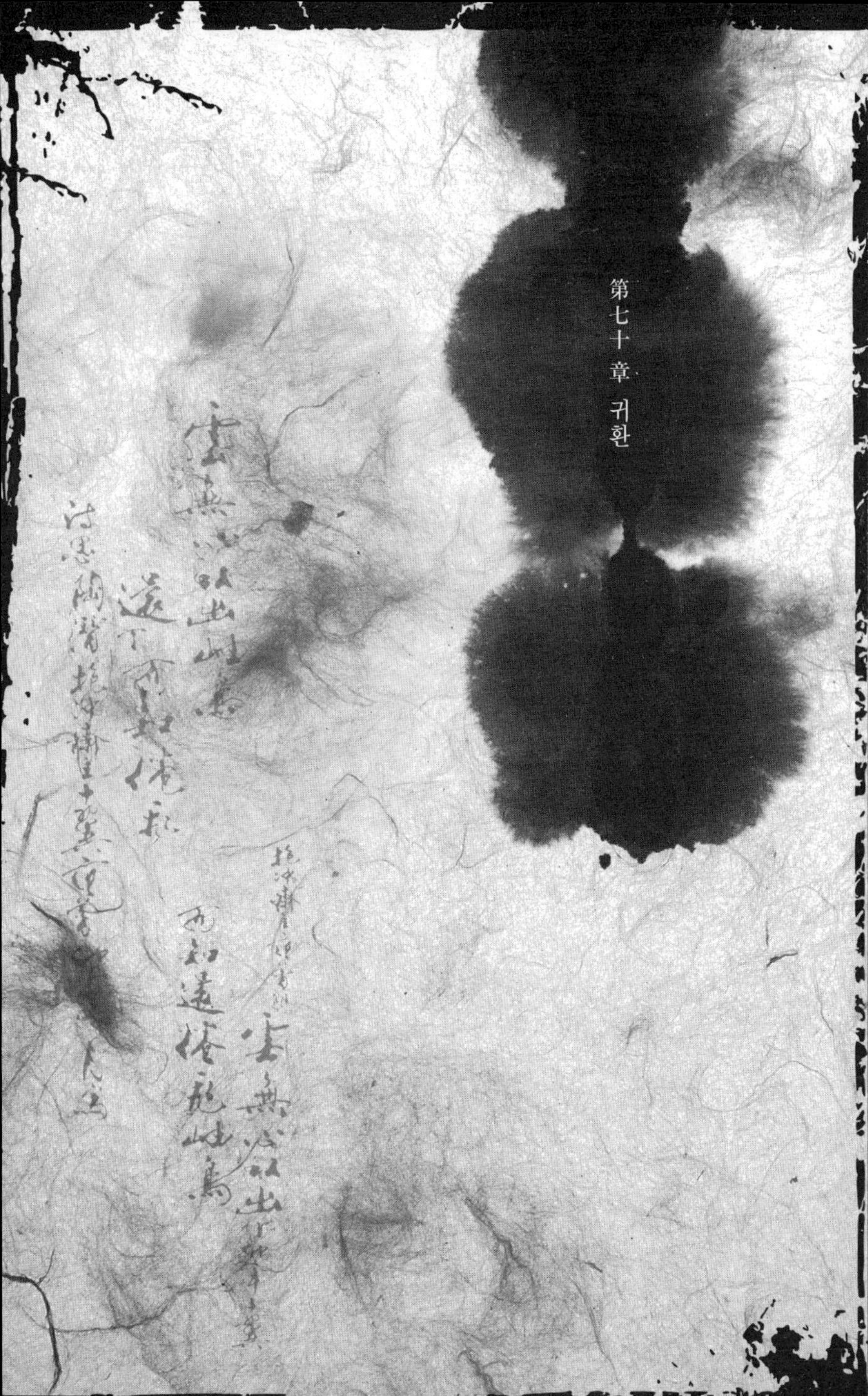
第七十章 귀환

열흘 후. 절강성 전당강 가의 마을 임포.

마을로 들어서는 행인 무리에 섞여 있는 눈에 띄는 한 사람
이 있다.

허름한 갈의를 입었으며 긴 장발을 머리 뒤에서 하나로 묶
고, 덥수룩한 수염을 기른 산사람 같은 모습이다.

그는 열흘 전에 광동성 남구룽을 떠난 용비다. 이따금씩 잠
시 쉬는 시간을 제외하곤 열흘 밤낮 줄기차게 달려서 임포에
도착한 것이다.

그는 장발과 수염 때문에 사람들 눈에 잘 띄었으나 같은 이

유로 금세 외면당하고 또 잊혀졌다.

임포는 작은 마을이지만 전당강 가에 위치해 있다는 지리적 조건 때문에 수륙교통의 요지다. 그래서 토박이보다는 오가는 행인들로 연일 북적이는 곳이다.

허기가 진 용비는 주위를 두리번거리다가 길가의 주루를 발견하고 그곳으로 향했다.

그는 이곳까지 오는 동안 지나친 몇몇 마을에서 여비로 쓰기 위해서 돈이 될 만한 일을 해주고 그때마다 푼돈을 벌었다.

머리를 쓰든 힘을 쓰든 그가 하지 못하는 일이란 거의 없기 때문에 불과 반 시진이나 한 시진 만에 은자 수십 냥씩 버는 것은 간단했다.

“얼마인가?”

주루에서 식사를 하고 난 용비는 나가다가 회계대 너머에 앉아 있는 여자에게 음식 값을 물었다.

“석 냥이에요.”

고개를 숙이고 있던 수수한 옷차림의 여자가 고개를 들면서 차분한 목소리로 대답했다.

용비는 옷차림만 보고 그녀가 주루의 안주인쯤으로 생각했는데 뜻밖에도 매우 예쁘장하게 생긴 십칠팔 세가량의 소녀였다.

　그리고 더 중요한 사실은, 용비가 그녀를 예전에 한 번 본 적이 있다는 것이다.

　“금매, 여기에서 무얼 하는 것이냐?”

　용비가 조용한 목소리로 묻자 회계대의 소녀는 화들짝 놀라서 벌떡 일어서더니 초롱초롱한 눈을 깜빡이면서 멍하니 그를 바라보기만 할뿐이다.

　괴인 같은 사내가 느닷없이 ‘금매’ 라고 부르니까 놀랄 수밖에 없는 일이다. 그녀의 이름은 이 주루에서 아무도 모르고 있다.

　“나를 모르겠느냐?”

　용비는 설마 금은쌍매의 금매가 이런 주루의 회계대에 앉아 있을 줄은 전혀 예상하지 못했다.

　“설마…….”

　장발에 덥수룩한 수염투성이 완전히 다른 모습인 용비에게서 예전 그의 모습을 어렵게 찾아낸 금매의 눈이 파르르 떨렸다.

　또한 그녀는 팔 개월 전 구련산에서 들은 적이 있는 용비의 목소리를 겨우 기억해 냈다.

　“주인님이신가요……?”

　그녀의 목소리는 가늘게 떨렸으며 금방이라도 울음을 터

뜨릴 것처럼 촉촉하게 물기에 젖어 있었다.

주인님. 그렇다. 그때 구련산에서 허실이 금은쌍매에게 용비를 주인으로 모시라고 명령했었다.

"그래. 나다."

"이제야 오시다니……."

그녀의 뺨으로 눈물이 주르르 흘렀다. 눈물은 흘리지만 기쁨이 가득한 표정이다.

"여기에서 무얼 하는 것이냐?"

금매는 원망스러운 듯 눈물을 뚝뚝 흘리면서 용비를 곱게 흘겼다.

"무얼 하다니요? 주인님을 기다리고 있었지요."

"나를?"

"네. 임포에서 기다리라고 해서……."

물론 용비는 자신이 구련산에서 금은쌍매에게 임포에서 기다리라고 명령했던 것을 기억하고 있다.

그런데 허실이 없는 상황에서 금은쌍매가 자신을 기다리고 있다는 사실과 그녀들 같은 초일류고수가 어째서 주루에서 일을 하고 있었느냐는 것이 궁금했다.

"은밀하게 기다리고 있어야 할 것 같아서……."

아무리 그래도 그렇지 금매가 평범한 주루에서 회계대 일을 보면서 지난 팔 개월을 기다리고 있었다니, 용비는 그녀의 순진함에 쓴웃음이 났다. 그는 문득 은매가 생각났다.

"은매는……."

와장창!

"어이구! 또 그릇 깼잖느냐, 이 화상아!"

그때 회계대 뒤쪽 주방 안에서 요란하게 그릇 깨지는 소리
와 누군가의 고함 소리가 튀어나왔다.

금매는 수줍은 미소를 지으면서 주방을 쳐다보았다.

"은매는 주방에서 일해요."

"어이구~! 정말 성질 치밀어서 못해 먹겠네!"

잠시 후에 주방에서 허드렛일을 하는 차림에 두 손과 옷이
흠뻑 젖은 한 소녀가 화가 나서 씩씩거리면서 밖으로 나오며
투덜거렸다.

"언니, 도대체 언제까지 이 짓을 하고 있어야 하는 거야?
나 돌아버리겠어."

은매는 금매에게 다가오면서 목에 핏대를 세우며 얼굴이
붉으락푸르락했다.

그러다가 그녀는 금매가 울고 있는 것을 발견했고, 그 앞에
있는 용비를 보고는 대충 어떻게 된 일인지 나름대로 짐작하
고 발끈 성질을 터뜨렸다.

"언니, 이놈이 음식 값을 안 내는 거야?"

"은매야. 주인님이 오셨어."

금매는 눈물을 닦으면서 용비를 바라보았다.

용비는 금은쌍매가 허실이 절대십천으로 돌아갔다는 사실을 모르고 지난 팔 개월 동안 이곳 주루에서 금매는 회계대일을, 그리고 은매는 주방에서 설거지를 했다는 사실을 알고는 그녀들이 측은해졌다.

"주인님? 누가?"

"이분이 주인님이셔."

"이 산도적 같은 놈이?"

은매는 금매가 놀리는 것이 아니라는 것을 알았다. 평소 금매는 농담을 즐겨하지 않는다.

은매는 눈을 똑바로 뜨고 용비를 한참이나 자세히 들여다보다가 움찔 놀랐다.

와락!

그녀는 갑자기 두 손으로 용비의 먹살을 움켜잡더니 냅다 패대기를 쳤다.

"야! 이 자식아!"

우지끈! 쿠당탕!

용비는 주루의 탁자 하나를 박살 내면서 바닥에 나뒹굴었다. 용비는 은매에게 먹살을 잡히지 않을 수도, 나가떨어지지 않을 수도 있지만 일부러 그렇게 하지 않았다.

은매가 다시 용비에게 덮치려는 것을 금매가 뒤에서 그녀를 부둥켜안았다.

"그만둬! 이게 무슨 짓이야?"

"저 자식 때문에 우리가 생고생한 걸 생각하면 이가 갈려
서 그래! 이것 봐! 허구한날 설거지만 하다가 손이 다 퉁퉁 부
르텄잖아!"

은매가 내민 두 손은 뜨거운 물에 오래 담갔던 것처럼 퉁퉁
불어 있었다.

그녀는 쓰러졌다가 부스스 일어나고 있는 용비를 가리키
면서 원통한 듯 외쳤다.

"저 꼬락서니를 봐! 완전히 거지잖아! 금의환향은 바라지
도 않았지만 저 꼴을 해서 팔 개월 만에 나타난 거야! 그러니
분통이 안 터져?"

은매는 주위를 두리번거렸다.

"게다가 천주는 어디에다 내버리고 온 거야? 저 자식을 아
예 죽여 버려야겠어!"

세 사람은 전당강 강둑 위에 섰다.

"그녀는 절대십천으로 돌아갔다."

용비 뒤에 나란히 서 있던 금은쌍매는 그의 말에 크게 놀라
는 표정을 지었다.

그녀들은 조심스럽게 용비의 좌우로 갈라서 그의 옆얼굴

을 쳐다보며 물었다.

"그녀가 누구죠?"

"설마… 주천주 저하를 말씀하시는 건가요?"

용비는 멀리 강 건너 북쪽 하늘을 바라보았다.

"그렇다."

"아……."

금은쌍매의 얼굴에 환한 표정이 가득 떠올랐다.

자초지종을 알고 싶지만 금매는 용비의 표정을 살피느라 묻지 못했다.

그러나 급한 성격의 은매는 남의 눈치 같은 것을 보지 않기 때문에 거침없이 물었다.

"어떻게 된 건거죠?"

"와룡후가 그녀를 제압했다."

금은쌍매는 적잖이 놀라는 표정을 지었다.

"주천주 저하께선 다치지 않으셨나요?"

그러나 용비는 그때부터 아무 말도 하지 않고 묵묵히 하늘만 쳐다보았다.

허실을 생각하니까 또다시 가슴이 저려와서 아무 말도 하고 싶지 않았다.

금은쌍매는 답답했으나 용비의 표정이 너무 처연한 것을 보고는 차마 더 이상 묻지 못했다.

"가지 않겠어요. 아니, 소녀들은 돌아갈 수 없어요."

절대십천으로 돌아가라는 용비의 말에 금매는 차분하게 그러나 슬픈 목소리로 조용히 말했다.

용비가 하늘에서 시선을 거두고 금매를 쳐다보자 그녀는 공손하게 설명했다.

"주천주께선 소녀들에게 당신을 주인님으로 모시라고 명령하셨어요."

"우린 당신의 종이에요. 종이 주인 곁을 떠나는 것은 있을 수도 없는 일이에요."

성질 급하고 딱 부러지는 성격의 은매가 못마땅한 듯 뾰족한 목소리로 투덜거렸다.

용비는 손을 저었다.

"그것은 내가 원하지 않는다. 그러니까 너희는 그녀 곁으로 돌아가라. 너희가 그녀를 호위하는 것이 내가 진정으로 원하는 바다."

용비는 조용히 말하고 나서 강가를 떠나 관도 쪽으로 걸음을 옮겼다.

지금은 정오가 막 지난 시각이다. 서둘러서 가면 어둡기 전에 와관에 도착할 수 있을 것이다.

그런데 금은쌍매가 말없이 그의 뒤를 졸졸 따라왔다.

"따라오지 마라."

용비는 걸음을 멈추지 않은 채 중얼거리듯 말하고는 조금 빨리 걸었다.

"소녀들은 죽으나 사나 주인님 곁에 있어야만 해요. 그러니까 만약 소녀들을 떼어놓고 달아나시면 다시 돌아오실 때까지 이곳에서 기다리고 있겠어요."

용비는 등 뒤에서 들려오는 차분한 금매의 말을 듣지 못한 듯 계속 걸었다.

그는 임포를 완전히 벗어날 때까지 뒤돌아보지 않았으나 금은쌍매가 계속 따라오고 있다는 것을 알고 있었다.

그는 이미 금은쌍매에게는 관심이 없어졌다. 그의 마음은 이미 여의신벌에 가 있었다.

마을을 벗어나 관도로 나서 행인이 뜸해지자 용비는 관도를 버리고 우측의 산기슭으로 향했다.

회계산 북쪽 끝자락을 넘어 백여 리쯤 가면 조아강이 나오고 거길 건너면 와관이다.

원래는 회계산 북쪽을 돌아서 관도로 가려고 했는데 금은쌍매를 떨쳐내려고 산을 택했다.

금은쌍매는 그럴 줄 짐작하고 있었기에 즉시 전력을 다해서 용비를 추격했다.

그러나 그녀들은 용비가 전력을 다하지 않고 그냥 천천히 경공을 전개하는 것을 보고 속도를 줄였다.

또한 그녀들은 용비가 자신들을 떼어놓을 생각이 없는 것처럼 보여서 적잖이 안도하는 마음이 들었다.

그런데 곧 이상한 일이 일어났다. 그녀들이 보기에 용비는 전혀 힘들이지 않고 천천히 경공을 전개하고 있는 것 같은데 어찌 된 일인지 그녀들하고의 거리가 순식간에 쭉쭉 벌어지는 것이 아닌가.

그녀들은 서로의 얼굴을 한 번 쳐다보고 나서 전력을 다해서 경공을 전개했다.

그런데도 결과는 마찬가지였다. 아니, 용비하고의 거리가 순식간에 더 벌어지더니 잠시 후에 그의 모습은 산속으로 사라져 버렸다.

당황한 금은쌍매는 죽을힘을 다해서 산속까지 달려갔으나 어디에서도 용비의 흔적이나 기척을 감지하고 못하고 그곳에서 멈춰야만 했다.

은매가 놀라서 혀를 내둘렀다.

"저 작자, 원래 저렇게 고강했었나?"

금매는 착잡한 표정으로 두리번거리다가 짐짓 엄한 표정으로 은매를 꾸짖었다.

"은매야, 주인님께 무슨 말버릇이니?"

"쳇! 종을 내팽개치고 도망가는 주제에 주인님은 무슨 얼어 죽을 주인님이람?”

　금은쌍매는 힘없이 주루로 돌아왔다.

　한창 바쁜 시간에 주인의 허락도 받지 않고 외출했다가 돌아온 금은쌍매는 주인에게 된통 잔소리를 들었다.

　그녀들이 용비를 따라 나갈 때는 이곳에 다시 돌아올 일이 없을 것이라고 확신했었다.

　그런데 이제는 또다시 임포에서 숙식을 해결하며 용비가 부를 때까지 기다려야 하는 입장이라서 주루주인의 같잖은 잔소리를 들으면서도 대꾸 한마디 하지 못했다.

　주루주인이 잔소리를 끝내고 물러가자 은매가 주먹을 움켜쥐고 중얼거렸다.

　“여길 떠나게 되는 날이 오면 제일 먼저 저 주인자식부터 때려죽여 버릴 거야.”

　금매는 제발 그런 날이 온다면 은매가 주루주인을 때려죽이는 것을 절대로 말리지 않겠다고 결심했다.

　하지만 그녀는 용비가 다시 이곳에 찾아올 가능성이 거의 없다는 사실을 짐작하고 있었다.

*　　*　　*

용비는 아직 해가 산마루에 남아 있는 유시(오후 6시) 무렵
에 조아강에 도착했다.

그곳 야트막한 강 언덕에서 강 건너 와관의 선착장이 한눈
에 보였다.

하지만 와관마을은 보이지 않았다. 선착장 뒤쪽이 좁은 계
곡의 지형이기 때문이다.

곡구를 지나면 매우 너른 평지와 맑은 계류가 세 방향에서
조아강으로 흐르는 마을이 나타난다.

그러니까 와관마을은 천혜의 지형인 셈이다. 그래서 용비
가 저곳을 선택했던 것이다.

강 하나를 앞에 두고 서 있는 용비는 마치 몇 년 만에 고향
에 돌아온 것처럼 가슴이 두근거렸다.

저곳에 그리고 여의신벌에서 사랑하는 많은 사람들이 그
를 애타게 기다리고 있을 것이기 때문이다.

탓—

그는 두 발로 가볍게 지면을 박차고 곧장 강을 향해 마치
한 조각의 구름인 양 유유히 날아갔다.

지금 그가 전개하고 있는 것은 만절삼신도의 용신도(龍神
圖)에서 배운 절세의 경공신법이다.

용신도 안에서 용비가 만난 영물은 천룡(天龍)이었다. 그는
그곳에서 천룡, 즉 그가 용아(龍兒)라고 이름을 붙인 영물과

망망대해에서 석 달 동안 함께 보냈었다.

바깥세상에서는 석 달이지만 용신도 안에서는 무려 이 년 반이라는 긴 세월이었다.

물 위나 초원 위를 낮게 날아갈 때는 지금 용비가 펼치고 있는 신룡등운(神龍騰雲)이 최적이다.

한 마리 신룡이 구름을 타고 오르듯이, 빠르면서도 추호의 기척도 없는 신법이다.

또한 현재 용비의 능력으로는 한 번의 도약에 십여 장 이상 날아갈 수 있다.

지금 그가 건너려고 하는 이곳의 강폭이 삼십여 장이지만 중간에 두어 번 수면을 살짝 발끝으로 딛고 다시 도약해서 날아가면 된다.

와관 선착장에는 여러 척의 배와 수많은 사람이 북적이고 있었다.

용비가 없는 지난 팔 개월, 아니, 남구릉 동굴 속에서만 팔 개월이지 여의신벌을 떠난 지는 거의 구 개월이 되어가고 있다.

그 구 개월 동안에도 여의신벌의 와관과 소홍현의 공사는 순조롭게 착착 진행되고 있었다.

그 한 가지 예로 와관마을의 출입문인 선착장은 겉보기에 도 너무나 훌륭했다.

예전의 진흙탕으로 형편없이 질척거리던 것이 반듯하게 축대를 쌓아올렸으며, 그곳에서 두 개의 목교가 강 쪽으로 길게 뻗어 있었다.

선착장 축대의 길이는 이백여 장에 달하고, 그곳에 큰 배들이 정박해 있다.

그리고 목교에는 소형선박이나 어선 따위들이 조롱조롱 묶여 있는 광경이다.

용비가 강을 건너 도착한 곳은 선착장에서 상류 쪽으로 오십여 장 떨어진 위쪽이다.

모두들 일에 열중하고 있어서 용비를 발견한 사람은 아무도 없었다.

그는 잠시 선착장을 살펴보다가 축대 중간쯤에 천붕호가 정박해 있는 것을 발견했다.

천붕호는 용비나 한정 등 여의신벌의 우두머리들이 주로 사용했었다.

그러므로 천붕호가 와관 선착장에 있다면 한정이나 수진 랑 등이 이곳에 있을지도 모른다.

선착장에 정박해 있는 큰 배에서 쉴 새 없이 건축자재들이 내려지고, 그것들은 수레에 실려서 마을 안쪽으로 줄지어 옮겨지고 있는 광경이다.

이윽고 용비는 곡구 쪽으로 천천히 걸어가서 자재를 싣고

안으로 향하는 어느 수레 뒤를 따라갔다.

천태산에서 세 줄기 계류가 흘러내려 와관마을을 지나는데, 그중의 한 줄기가 마을입구인 곡구 한가운데를 지나 선착장으로 흘러든다.

계류 양쪽의 잘 닦여진 길을 따라서 십오륙 장 길이의 곡구 안으로 들어서면 마을 중앙을 가로질러 흐르는 계류의 양쪽으로 잘 정돈된 아담한 마을이 있다.

그 집들은 똑같은 모양이 아니지만 한눈에도 근래에 새로 지어졌다는 사실을 알 수 있다.

집들은 하나같이 깨끗하고 큼직하며 번듯해서, 항주 성내에서도 웬만큼 사는 축에 속하는 사람들이 살고 있는 집보다 더 좋았다.

원래 와관마을에는 사백 호 정도의 집이 있었으며, 그들은 세 개의 부락으로 나누어져 있었다.

인구가 사천여 명이었는데 그들이 사백여 호의 집에 바글거리면서 살았던 것이다.

그런데 지금은 무려 천 호 정도의 집이 지어져 있었다. 한 집에 네 명 꼴로 거주하게 된 것이다.

그 집들은 모두 여의신벌에서 지어주었다. 한정이 세 개 부락의 촌장들과 합의를 해서 그들 모두를 여의신벌에서 일할 수 있도록 해주었기 때문이었다.

물론 지금까지 해왔던 농사나 물고기잡이. 약초채취 등은 계속 할 수 있다.

다만 한 집에서 한두 명이 여의신벌에서 숙수나 하인, 겸인 등으로 일하며 후한 녹봉을 받기 때문에 예전의 끼니도 잇지 못했던 궁핍한 시절하고 지금은 비교할 수조차도 없다. 와관마을은 한마디로 부촌이 된 것이다.

또한 마을 한가운데를 가로지르는 계류 청와계(靑瓦溪)를 중간중간에서 여러 줄기로 나누어 마을 이곳저곳을 휘돌아 흐르도록 운하처럼 만들었다.

그리고 그 물줄기들을 수십 개의 작은 수로(水路)로 만들어서 각 집으로 흘러들게 했다.

그러므로 와관마을의 천여 호 집들은 그냥 떠먹어도 되는 깨끗한 청와계 물을 집 안에 앉아서 마음껏 풍족하게 사용할 수 있게 된 것이다.

그뿐 아니라 청와계는 바닥을 깊게 파고 양쪽에 축대를 높게 돋우어서 튼튼하게 하천 정비를 했다.

예전에는 비만 조금 많이 오면 계류가 넘쳐서 거리는 물론이고 집 안으로 물이 흘러넘쳐 툭 하면 피난 아닌 피난을 가곤 했었다.

수심이 깊어지고 계류의 폭이 넓어졌으며 또한 수십 줄기의 운하가 마을 곳곳을 실핏줄처럼 흐르자 새로운 풍경이 나타나게 되었다.

계류와 운하 곳곳에 오십여 개의 새로운 다리가 놓였으며, 작은 배들이 새로운 교통수단으로 등장했다.

여의신벌에서 각 집마다 한 척의 작은 배들을 주었기 때문에 주민들은 예전에 걸어 다니면서 수레로 운반하던 물자들을 이제는 편하게 배를 이용하게 되었다.

조아강 중류에 이런 별천지가 존재하고 있다는 사실은 아직 세상에 알려져 있지 않았다.

청와계의 상류는 마을을 세로로 가로지르다가 매우 완만한 경사의 야트막한 언덕에서 오른쪽으로 천천히 휘었다.

그곳에서의 물살은 제법 세차고 또 아담한 소와 작은 폭포 같은 것들이 어우러져서 보기만 해도 감탄이 절로 날만큼 절경을 만들어냈다.

바로 그곳 언덕 위에 어마어마한 대전각군이 자리를 잡고 있었다.

밖에서는 높은 담만 보이지만 커다란 전문을 중심으로 좌우로 삼백여 장씩 뻗은 담만 보더라도 이 전각군의 규모가 어느 정도인지 짐작할 수 있다.

수십 대의 수레가 꼬리를 물고 긴 행렬을 이루어 전문 안으로 들어가고 있었다.

한 대의 수레를 따라가던 용비는 전문 앞에서 멈추었다.

그는 자신이 기대했던 것보다 선착장이나 와관마을이 훨씬 더 잘 정비되어 있어서 마음이 흡족했다.

지금 그는 수레 세 대가 한꺼번에 교차할 수 있을 정도로 크고 넓은 전문 위의 큼지막한 현판을 올려다보고 있다.

如意神閣.

그야말로 용사비등(龍蛇飛騰)한 필체로 일필휘지 휘갈긴 멋들어진 글씨였다.

용비는 한동안 현판을 보면서 그동안의 고생이 씻은 듯이 사라지는 것을 느꼈다.

한눈에 봐도 현판의 글씨체는 한정의 솜씨가 분명했다. 그녀가 명필이라는 것을 익히 알고 있었으나 이렇듯 현판의 큰 글씨로 보니까 더욱 훌륭했다.

마음이 훈훈해진 용비는 때마침 전문으로 들어가려는 수레를 따라 걸음을 옮겼다.

그런데 수레 주위의 사내들, 즉 일꾼들이 전문을 지키는 무사들에게 목에 걸고 있는 하나의 팻말을 보여주는 것이 아닌가.

구리로 만든 네모반듯한 팻말에는 '運'이나 '使' 따위의 글이 새겨져 있었다.

운(運)은 물건을 운반하는 일꾼이고, 사(使)는 조장 같은 하급지위인 듯했다.

팻말이 없는 용비는 목에서 무언가를 꺼내 보이는 시늉을 하면서 은근슬쩍 들어가려고 했다.

"너는 뭐냐?"

그런데 그게 통하지 않았다. 무사가 대뜸 손을 뻗어 용비의 어깨를 움켜잡았다.

"그게 뭐냐? 꺼내 보여라!"

그를 잡은 무사는 자신이 뭔가 한 건을 올린 듯 의기양양해서 큰소리로 명령했다.

사실 용비 목에도 줄이 하나 걸려 있었다. 하지만 그것은 한정이 만들어준 화통의 선잠사였다.

그리고 그 줄에는 화통이 매달려 있지만 그 안에는 만절삼신도가 들어 있지 않다.

용비는 세 장의 그림에 들어갔다가 나온 이후 그림들을 모두 없앴다. 그리고 그림 속의 세 영물은 모두 그의 몸속으로 흡수되었다.

확!

투둑…….

용비가 말을 듣지 않자 무사는 줄을 세차게 잡아당겼다. 그 바람에 상의 앞섶이 뜯기면서 선잠사 끝에 달려 있는 새카만 대롱, 즉 화통이 가슴 앞에서 흔들렸다.

"뭐야 이게? 명패가 아니잖아?"

무사는 화통을 가볍게 잡아당기며 인상을 썼다.

전문을 지키는 무사 십여 명은 모두 황의경장을 입었으며, 왼쪽 가슴에는 '여의(如意)', 오른쪽 가슴에는 '신룡호문(神龍護門)'이라고 적혀 있었다.

그로 미루어 이들은 여의신벌 휘하의 무사이며, 신룡호문이라는 뜻은 신룡보 휘하의 호문무사인 것 같았다.

하지만 신룡보는 소수정예로서 모두 고수들뿐이지 무사는 한 명도 없었다.

또한 용비는 구련산에서 한 번 대충 봤었던 신룡보 고수들의 얼굴을 다 기억하고 있는데, 그들 중에는 이런 무사들이 없었다.

"너 웬 놈이냐? 뭘 염탐하러 온 거냐?"

"그게 아니라……."

차차창!

용비가 무사의 손에서 화통을 빼내며 말을 하려는데, 주위의 무사 중에서 세 명이 일제히 어깨의 도를 뽑으면서 그를 겨누었다.

어설픈 무사들이지만 동작은 신속했으며 재빨리 용비를 포위하는 것이 제대로 훈련을 받은 것 같았다.

더구나 수많은 일꾼들과 수레 등이 출입하느라 복잡한 여의신벌 입구를 지키는 호문무사들의 경계심이 이 정도일 줄은 몰랐다.

"이놈! 수상하구나!"

"반항하지 말고 무릎을 꿇어라!"

무사들은 당장에라도 찌르고 벨 듯이 위협하면서 용비를 에워쌌다.

얼굴을 뒤덮은 헝클어진 장발에 수염을 덥수룩하게 길렀으니 용비가 수상쩍게도 보였을 것이다.

'이거 참……'

용비는 이런 상황에서는 대체 어떻게 해야 할지 대책이 서지 않았다.

그렇지만 여의신벌 휘하의 무사들을 다치게 하고 싶은 생각은 없었다.

게다가 자신이 누구라는 것을 밝힌다고 해도 이들이 믿어줄 것 같지 않았고, 설혹 믿어준다고 해도 이런 곳에서 수선을 피우고 싶지 않았다.

그렇다고 해서 이들의 명령에 따라서 순순히 무릎을 꿇을 수는 없지 않은가.

"이것 보게, 나는……."

"제압해라!'

용비가 답답한 마음에 설명을 하려니까 조장쯤으로 보이는 무사가 우렁차게 명령을 하면서 자기가 먼저 솔선하여 득달같이 용비를 덮쳐왔다.

그러나 도를 사용하지는 않고 왼손으로 용비의 옆구리를 찍으면서 발로는 그의 발을 걸어서 넘어뜨리려고 했다.

상대를 다치게 하지 않으려는 배려다. 그것은 그의 심성이 선하기 때문이 아니라 사소한 일에도 무고한 사람을 다치게 하지 않으려는 여의신벌의 방침이 그렇기 때문일 것이다.

스으…….

용비의 모습이 흐릿해지면서 조장의 공격은 물론 무사 세 명의 포위망에서 완전히 벗어났다.

"어헛?"

"잡아라!'

무사들이 깜짝 놀라서 도를 휘두르며 달려들고 전문을 지키던 다른 무사들까지 우르르 몰려들었다. 바야흐로 전문에서 한바탕 난리가 난 것이다.

웬만한 고수들이었다면 방금 용비가 포위망에서 빠져나간 한 수만 보고서도 뛰어난 고수라는 사실을 간파했을 텐데 이들은 그런 점에서는 까막눈이다.

"무슨 일이냐?"

그때 쩌렁한 호통이 터지자 무사들이 일제히 동작을 멈추고 호통이 들려온 쪽을 쳐다보았다.

용비도 전문 안쪽을 쳐다보다가 가볍게 눈을 빛냈다.

너무도 반가운 얼굴, 수진랑이 반아미와 그녀의 수하 맹룡단주 형섭과 함께 전문 쪽으로 걸어오고 있었다. 방금 호통을 친 것은 형섭이었다.

조장 이하 전 무사들이 다급히 허리를 굽혔다.

"우군주(右君主)님을 뵈옵니다!"

'우군주'라는 것은 용비로서도 처음 듣는 칭호인데 아마 수진랑을 가리키는 것 같았다.

세 사람은 가까이 다가와서 멈추고 형섭이 썩 한 걸음 나서며 위엄 있게 물었다.

"무슨 일이냐고 물었다."

"여기 이자가 몰래 잠입하려는 것을 속하들이 제압하려는 중이었습니다."

조장이 용비를 가리키자 모두의 시선이 그에게 집중됐다.

장발에 덥수룩한 수염투성이. 헐렁한 낡은 옷을 입고 너덜거리는 신을 신은 괴인의 모습을 하고 있는 용비는 누가 봐도 수상했고 절로 눈살이 찌푸려졌다.

용비는 가만히 서 있었다. 수진랑이 자신을 알아보는지 시험을 해보고 싶은 마음이 들었다.

이제 오랜만에 집에 도착했으니 마음이 놓여서 장난 아닌 장난을 해보고 싶은 마음이 슬며시 들었다.

형섭은 용비에게 정중히 포권을 해 보이며 물었다.

"누군지 이름을 물어도 되겠소?"

겉모습만 보고서 상대를 폄하하지 않으려는 그의 의도가 엿보였다. 그 역시 여의신벌의 방침일 터이다.

그러나 용비는 대답하지 않고 묵묵히 서 있을 뿐이다.

그의 얼굴은 머리카락과 수염에 온통 가려져 있는 탓에 드러난 것은 우뚝한 코와 머리카락 사이로 반짝이는 한 쌍의 눈뿐이었다.

언제나 그렇듯이 수진랑은 예의 냉랭한 표정으로 쏘는 듯이 용비를 주시하고 참견하지 않았다.

그러다가 그의 머리카락 사이로 보이는 한 쌍의 눈이 반짝이면서 엷은 미소를 짓고 있는 것을 발견했다. 잘못 본 것이 아니라 분명히 미소다. 이런 상황에서 미소라니 슬쩍 기분이 나빠졌다.

'웃어?'

발끈하려던 그녀는 문득 그 눈웃음이 왠지 조금 낯익다는 생각이 들었다.

그것은 마치 일 년에 딱 한 번만 비가 오는 사막 한가운데에서, 일 년에 딱 한 번 비가 오는 시기에 맞춰서 피어나는 메마른 한 송이 꽃처럼, 미소가 매우 인색한 사람이 짓는 미소 같았다.

그런 미소를 짓는 어떤 사내를 수진랑은 알고 있다. 언제나 귀신처럼 오싹한 분위기를 휘몰고 다니다가 어쩌다 아주 드물게 미소를 지을 때가 있는데, 매우 어색하면서도 보는 이의 마음을 푸근하게 하는 보기 좋은 미소였다.

하지만 수진랑은 자신이 애타게 기다리는, 구 개월이 다 되도록 돌아오지 않고 있는 그 사내가 지금 눈앞에 보고 있는 저 괴인일 리는 없다고 생각했다.

그렇게 생각하면서 괴인을 바라보았다. 그런데 괴인의 미소가 자꾸만 마음에 걸렸다.

그러는데 문득 어떤 상상을 하게 되었다. 만약 저 괴인의 치렁치렁한 머리를 짧게 자르고, 깨끗이 면도를 시킨 후에, 칠흑 같은 흑의 한 벌을 입혀놓는다면…….

괴인은 여전히 미소를 짓고 있었다. 그것도 수진랑을 물끄러미 바라보면서 말이다.

이런 상황에 당황하기는커녕 수진랑만 바라보고 있는 것이다. 그것은 대체 무슨 의미인가.

순간 수진랑의 가슴이 뭉클했다. 누가 심장을 힘껏 움켜잡은 것 같았다.

괴인의 눈으로 짓는 미소가 뭔가를 말하고 있었다. 그것을 그녀는 알아들었다.

"흑……."

갑자기 수진랑의 입에서 흐느낌 같기도 하고 급히 숨을 몰아쉬는 듯한 소리가 새어 나왔다.

반아미와 형섭이 움찔 놀라서 쳐다보자 수진랑은 이끌리듯이 괴인에게 다가갔다.

"당신……."

괴인 용비는 빙그레 미소 지었다.

"잘 있었느냐?"

너무나도 그리웠던 그 나직한 목소리가 덥수룩한 수염 속에서 흘러나오자 수진랑은 얼굴이 일그러지면서 왈칵 눈물이 쏟아졌다.

"으흐흑!"

그녀는 쓰러지듯이 용비의 품에 안기며 봇물이 터지듯 눈물을 쏟아냈다.

"아아……."

그제야 반아미도 용비를 알아보았다. 아니, 수진랑의 행동을 보고 알아차린 것이다. 그녀가 그러지 않았으면 절대 알아보지 못했을 것이다.

그래서 뒤늦게 괴인에게서 장발과 수염을 제거하고서 새

삼스럽게 쳐다보니까 틀림없는 용비였다.

용비는 두 팔로 힘주어 수진랑의 늘씬하고 가느다란 허리를 끌어안았다.

익숙한 그녀의 몸이 느껴졌고, 그리웠던 그녀의 체취가 물씬 풍겨왔다.

더없이 완고하고 냉혹해서 강심장 사내들조차도 떨게 만드는 검귀 수진랑은 용비 품에 안겨서 온몸을 떨며 눈물을 그칠 줄 몰랐다.

여의신벌을 떠난 지 어언 구 개월여 만에 살아서 돌아온 용비가 아닌가.

거의 모든 사람들은 그가 죽었을 것이라고 생각했으나 차마 그 생각을 말로 꺼내지는 않았었다.

모든 사람들의 생각이 아무리 그렇더라도, 또한 몇 년, 몇십 년이 흘렀어도 수진랑과 한정, 미령을 비롯한 몇몇 사람들은 언젠가는 용비가 반드시 돌아올 것이라고 믿었을 것이다. 그래서 그 믿음이 그에게 전해져서 힘이 되어줄 것이라고 생각했다.

전문을 지키던 호문무사들은 혼비백산하여 전문을 지키는 자신들의 본분마저 잊은 채 그 광경을 쳐다보았다.

여의신벌에는 두 명의 군주, 즉 좌우군주(左右君主)가 존재하고 있다.

그것은 여의신벌 최고우두머리인 신군주(神君主)를 보필하는 제이인자의 지위다.

지휘체계가 새롭게 착착 진행되고 있는 여의신벌에는 이미 십여 단계의 지위가 신설되었으며 좌우군주는 그중 최고위에 속한다.

그런데 수많은 호문무사들과 일꾼들이 보는 가운데 평소에는 얼굴조차 보기 어려운 우군주가 어떤 괴인에게 안겨서 펑펑 울고 있으니 어찌 대경실색할 일이 아니겠는가.

우직한 형섭은 수진랑과 소리 없이 눈물을 흘리고 있는 반아미를 번갈아 보면서 크게 당황한 표정을 지었다.

그가 알기로는 수진랑과 반아미는 목에 칼이 들어가도 눈물 한 방울 흘리지 않는 여장부다.

그런 두 소녀가 난데없이 나타난 한 괴인의 품에 안겨서 목놓아 흐느껴 울고 있으며, 또 그것을 바라보면서 하염없이 눈물을 흘리고 있다니 형섭으로서는 도저히 이해할 수가 없었다.

그러다가 그는 두 소녀를 그 지경으로 만들 수 있는 오직 한 사람이 누군지 생각해 냈다.

'맙소사……'

형섭은 눈이 휘둥그레져서 괴인을 쳐다보았다. 그리고는 오래지 않아서 그가 용비라는 사실을 깨달았다.

"……!"

수진랑은 한참을 그렇게 울다가 이상한 느낌을 받았다. 무언가 큼직하고 단단한 물체가 그녀의 단전을 쿡쿡 찌르고 있는 것이었다.

그녀는 그것이 용비의 음경이 커진 것이라는 사실을 즉시 깨달았다.

오랜만에 그녀의 몸에 닿은 그것이 자기도 반갑다면서 아는 체 좀 해달라고 보채는 것이다.

부끄러움 같은 것을 모르는 수진랑이지만 이때만큼은 용비와의 격렬했던 정사가 생각나서 자신도 모르게 얼굴이 붉어져 그의 가슴을 꼬집으며 전음을 보냈다.

[순 짐승 같아…….]

용비는 수진랑의 그런 앙탈이 너무 귀여워서 빙그레 미소 지었다.

[짐승 그럽지 않았느냐?]

[몰라…….]

용비는 반아미가 가까이 다가오자 안고 있던 수진랑을 놓아주었다.

반아미는 흐르는 눈물을 닦을 생각도 하지 않고 기쁜 얼굴로 그를 바라보았다.

구련산 산중에서 용비와 신룡보 고수들이 합세하여 절대

십천을 상대로 치열하게 싸운 후에 팔 개월 만에 다시 만나는 것이다.

그 싸움에서 반아미는 예전에 용비하고의 묵은 원한을 다 씻어버렸었다.

용비 또한 그녀에게 몇 차례나 큰 도움을 받았으므로 그녀에 대한 감회가 남달랐다.

"반갈."

용비가 반가운 미소를 지으면서 부르지만 반아미는 그에 대한 적당한 호칭이 생각나지 않아서 우물쭈물했다. 그가 반갈이라고 부르는 것은 귀에 들어오지도 않았다. 반갈이면 어떻고 마녀라고 부르면 또 어떤가. 그가 살아서 돌아온 것이 한없이 기쁘기만 했다.

그러다가 용비의 하체 그곳이 찢어질 듯이 불룩하게 솟아 있는 것을 발견하고 깜짝 놀랐다.

그녀가 그의 앞 한 걸음 거리에 서 있으므로 그런 흉측한 모습은 아무도 발견하지 못했다.

단지 수진랑과 반아미만 알고 있는 것이다. 반아미가 용비의 아랫도리를 보다가 수진랑을 쳐다보자 그녀는 얼굴이 화끈거려서 얼른 외면을 했다.

"무사히 여의신벌에 합류했구나. 반갑다, 반갈."

슥—

그런 것을 모르는 용비는 그저 기쁜 마음에 반아미의 어깨를 잡았다가 가볍게 품에 안았다.

그는 여자란 무조건 안아주기만 하면 다 좋아할 것이라고 생각하고 있다.

“……”

수진랑보다 약간 작은 키의 반아미는 단단한 것이 배꼽 위쪽을 강하게 찌르는 것을 느꼈다.

그것이 무엇인지 그리고 왜 이렇게 커졌는지 알고 있는 반아미는 빨개진 얼굴을 용비의 가슴에 묻은 채 손가락 하나 까딱하지 않았다.

용비의 뺨을 후려치고 싶은 것을 간신히 참고 있는 것이다.

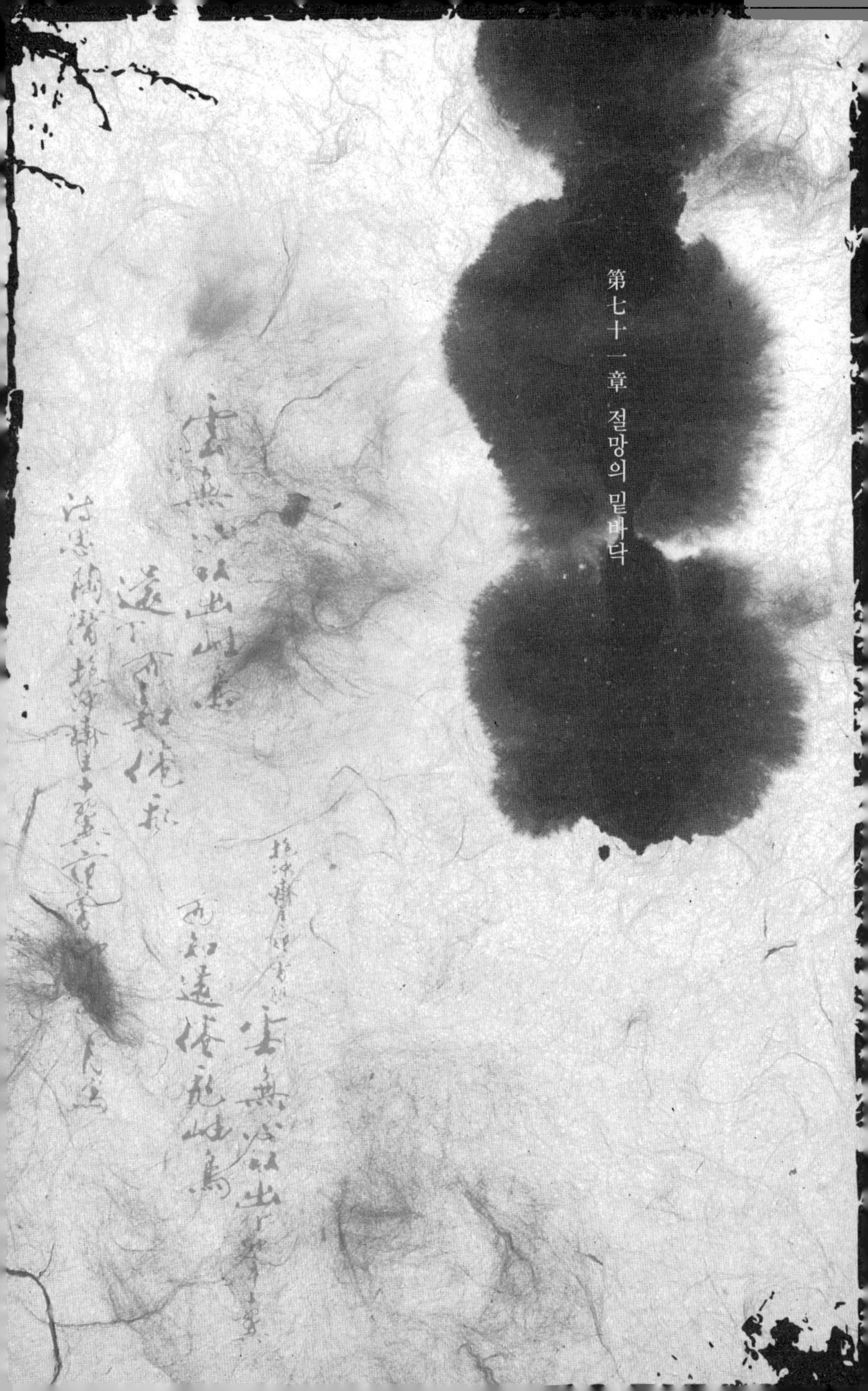

第七十一章 절망의 밑바닥

용비는 수진랑을 따라서 여의신벌 깊숙한 곳으로 향했다.

그는 수진랑과 나란히 걸으면서 주위를 두리번거리며 새로 지어진 여의신벌을 두루 감상했다.

수진랑은 절반쯤 평소의 자신으로 돌아왔다. 다시 과묵해졌으며 허리를 꼿꼿하게 펴고 성큼성큼 걸으면서 냉랭한 표정을 되찾았다.

하지만 용비의 팔을 붙잡지는 않았으나 그와 바싹 붙어서 걸었고, 자주 그의 옆얼굴을 보면서 입가에 흐뭇한 미소를 머금었다.

　반아미는 용비의 오른쪽에서 한 걸음쯤 떨어져서 걸으며 새 여의신벌의 내부구조에 대해서 자기가 알고 있는 것들을 차근차근 설명했다.

　그녀는 신룡보와 함께 여의신벌에 합류한 지 칠 개월이 훨씬 넘었기 때문에 여의신벌에 대해서는 모르는 것이 없을 정도였다.

　외관의 여의신벌과 소홍현의 전용포구 및 숙소와 창고 등을 건축하는 것은 사실 모두 용비가 설계한 것이다.

　그는 사부의 지시로 수많은 서책을 탐독. 공부하여 동서양의 건축물에도 깊은 조예가 있다.

　그러므로 심혈을 기울여서 여의신벌을 설계했으며 현재 구 할의 공정이 끝났다.

　그러나 그런 사실을 모르는 반아미는 어마어마한 규모의 여의신벌을 용비에게 소개해 주고 싶은 마음에서 지나는 곳마다 열심히 설명했다.

　"신룡부군주(神龍副君主)."

　"네?"

　수진랑이 조용한 목소리로 부르자 반아미는 얼른 대답하고 용비 뒤쪽으로 그녀를 쳐다보았다.

　반아미의 아버지는 여의신벌 무도의 신룡보 군주, 즉 신룡군주(神龍君主)라는 지위에 임명되었다. 그리고 딸인 반아미가 자연스럽게 부군주가 되었다.

"용비가 여의신벌을 설계한 거야."

"엣?"

반아미는 깜짝 놀라 얼굴이 붉어졌다. 그녀는 그때부터 설명을 하지 않았다. 대신 용비를 힐끔거리면서 감탄 어린 표정을 지었다.

천태산에서 와관마을로 흘러내리는 세 줄기 계류 중에 두 줄기가 여의신벌 안으로 흘러들었다.

두 물줄기는 만나고 교차되기를 반복하면서 여의신벌 내의 수백 채 전각 사이를 흐르고 연못이 되었다가 폭포가 되기도 했다.

여의신벌 첫손가락에 꼽힐 만큼 아름다우면서도 경계가 삼엄한 지역이 뒤쪽 천태산을 등지고 지어진 후군궁(后君宮)이라고 이름이 붙은 곳이다.

용비가 여의신벌 중에서도 가장 심혈을 기울여서 설계한 곳이 후군궁이기도 하다.

왜냐하면 그곳은 그의 어머니 미령과 그녀의 측근들이 머무는 거처이기 때문이다.

수진랑은 용비의 뜻에 따라서 그의 귀환을 아무에게도 알리지 않고 곧장 후군궁에 도착했다.

용비는 누구보다도 어머니를 제일 먼저 만나고 싶었다. 한정이나 수진랑도 몹시 보고 싶었으나 어머니만큼은 아니다.

어머니는 무한이고 그녀들은 유한이다. 비교하는 것 자체가 불가능하다. 그녀들도 그것을 잘 알고 있으며 질투 같은 것은 하지 않는다.

후군궁은 여의신벌 안에 따로 존재하는 또 하나의 궁 같은 곳이다.

둘러처진 담은 없지만 인공으로 조성된 숲과 후군궁 둘레를 흐르고 있는 계류가 담을 대신하고 있다.

후군궁은 세 채의 아담한 전각과 작은 연못과 정원 등으로 이루어졌으며 몹시 조용하고 아늑했다.

지금은 저녁시간이라서 네 명의 여자가 식탁에 둘러앉아서 식사를 하고 있었다.

미령과 한정, 지연화와 소진진은 하녀들의 시중을 받으면서 조용히 식사를 했다.

아무도 입을 열지 않았으며 무거운 분위기였다. 맛있게 식사를 하는 사람은 없고 그저 마지못해서 젓가락을 움직이고 있었다.

지연화와 소진진은 미령과 함께 후군궁에서 생활을 하고 있다. 두 여자는 미령의 가장 가까운 말벗이고 측근이다.

한정은 다른 곳에서 머물지만 틈틈이 이곳에 찾아와서 미령과 함께 시간을 보내고 지금처럼 식사를 한다.

그런데 미령의 오른쪽 옆자리가 비어 있다. 네 여자가 적당한 간격으로 식탁 둘레에 앉아 있는데 유독 그 자리만 비어 있는 것처럼 보였고 또 의자도 놓여 있었다.

마치 누군가 식사를 하다가 일이 있어서 잠시 자리를 비운 것처럼 보였다. 그 자리에 한 사람 분의 식사가 차려져 있었기 때문이다.

사실 그곳은 용비의 자리다. 미령은 구 개월쯤 전에 용비가 여의신벌을 떠난 그 날부터 지금까지 단 하루 한 끼도 빼놓지 않고 식탁에 용비의 자리를 그리고 그의 식사를 차려놓았었다.

다른 뜻은 없다. 먼 길을 떠난 아들이 어디에서라도 끼니를 굶지 말라는 어머니의 소박하지만 간곡하고 거룩한 바람이 깃들어 있을 뿐이다.

이곳에서 식사를 하고 있는 네 여자에게는 몇 개의 공통점이 있다.

용비를 사랑하고 있으며, 그가 그리워서 시도 때도 없이 눈물을 흘리고, 그가 무사히 돌아오기를 간절하게 빌고 있다는 것 등이다.

그때 갑자기 식당으로 세 사람이 들어섰다. 용비와 수진랑,

반아미다.

“언니.”

한정은 볼일이 있다면서 나간 수진랑이 들어오자 의아한 표정을 짓다가 그녀 옆에서 걸어 들어오는 허름한 옷차림의 괴인을 발견했다.

그가 누구인지는 모르지만 수진랑과 반아미가 직접 데리고 온 것으로 봐서 중요한 인물일 것이라고 짐작했다.

“비야…….”

그런데 갑자기 미령이 벌떡 일어나더니 걷잡을 수 없이 눈물을 흘리며 괴인에게 다가갔다.

미령의 그런 행동은 한정뿐만 아니라 지연화와 소진진까지 소스라치게 만들었다.

미령이 ‘비야’라고 부르는 것은 아들 용비에 대한 호칭이라는 사실을 알고 있기 때문이다.

용비는 자신을 향해 두 손을 뻗고 비틀비틀 다가오면서 얼굴이 눈물범벅이 된 미령에게 성큼 다가가 두 팔을 활짝 벌려 힘껏 끌어안았다.

“어머니.”

용비의 목소리를 듣는 순간 한정은 혼비백산했다. 그리고 자신이 한눈에 그를 알아보지 못했다는 자책감이 조금 후에 찾아들었다.

용비는 짚단처럼 깡마른 미령을 가슴 깊이 안고 너무 미안한 마음에 가슴이 저렸다.

*   *   *

중원에서 가장 거대하고 웅장한 건축물이 있다면 바로 산동성 태산에 있는 절대십천일 것이다.

태산의 동남쪽 산자락을 거의 대부분 차지하고 있는 절대십천의 내부는 열 개의 대구역과 아홉 개의 중간구역으로 이루어져 있다.

열 명의 천주들 거처와 그들 각자의 세력이 있는 곳이 열 개의 대구역이고, 절대이령부터 구령까지의 아홉 개가 중간구역이다.

대구역 중에서 주천부(朱天府)는 구중천의 방위에 따라서 남서쪽에 위치해 있다.

무릉도원이 아닐까 하는 착각이 들 정도로 아름다운 곳이 바로 이곳 주천부다.

다른 천주들의 천부는 하나같이 웅장함이나 대단한 규모를 자랑하고 있지만, 주천부는 속세를 떠난 듯한 고아함과 초탈함에 신경을 써서 건축되었다.

주천부 삼십여 채의 전각 중에서 가장 높은 곳이 칠 층으로 이루어진 영매루(瑛梅樓)다. 주천주 도영매의 이름을 딴 누각이다.

지금 도영매는 영매루의 가장 높은 칠 층 꼭대기 창가에 서서 먼 곳을 바라보고 있다.

그녀의 거처는 주천부 내의 주천궁(朱天宮)이지만, 그녀는 하루에 한 번 이상 꼭 이곳에 와서 창밖을 바라보는 습관이 생겼다.

그런 습관이 생긴 것은 팔 개월쯤 전에 긴 혼절에서 깨어난 후였다.

그녀는 팔 개월 전에 광동성 남구룡에서 와룡후에게 제압당해서 절대십천으로 옮겨진 후에 부친 태천주 도담천의 치료를 받고 깨어났었다.

입신지경에 이른 도담천의 능력은 실로 놀라워서 딸의 내상을 깨끗이 치료했을 뿐만 아니라 그녀의 잃었던 기억까지 되살려놓았다.

그렇지만 도영매의 괴로움은 바로 그때부터 시작되었다. 잃어버린 기억을 되찾은 것만이 아니라, 그 기간 동안에 자신이 무엇을 했었는지마저도 지나칠 정도로 생생하게 기억하고 있기 때문이었다.

즉, 기억을 잃었던 달포 남짓한 기간 동안 그림자처럼 늘

붙어서 지냈던 용비와의 일들을 세세한 것 하나 빠짐없이 다 기억하고 있는 것이다.

그녀는 기억을 되찾자마자 그 즉시 용비가 있는 항주로 달려가려고 했었다.

기억을 되찾아서 자신이 절대십천 태천주의 외동딸이며 열 명의 절대자 중 한 명인 주천주라는 사실을 알게 되었으나 그런 것은 그다지 중요하지 않았다.

그러나 부친에게 제지를 당하고 말았다. 외동딸이 천하유람을 나갔다가 실종됐을 때의 가슴 아픈 기억을 고스란히 지니고 있는 부친은 두 번 다시 그런 일이 발생하는 것을 원하지 않았기에 그녀에게 절대십천을 벗어나지 말라는 금족령을 내렸던 것이다.

도영매는 용비가 너무도 그리웠다. 그것은 마치 열병을 앓는 것 같았다.

지금의 도영매가 아니라 기억을 잃었던 달포 동안의 허실이 되고 싶어서 미칠 지경이었다.

주천주 도영매로서의 삶은 누구나 부러워하는 지상최고의 그것이었다.

최고의 권력과 지위. 주체하지 못할 정도의 어마어마한 재물. 손만 뻗으면 무엇이든 가질 수 있으며, 마음만 먹으면 하지 못하는 것이 없었다.

하지만 도영매로 살고 있었던 동안에는 그런 삶이 얼마나 무미건조한 것이었는지 전혀 느끼지 못했었다.

그런데 허실의 삶을 살아보니까 도영매의 삶하고 확연하게 비교가 되었다.

도영매는 자신이 부친에 의해서 가꾸어진 한 그루 화초이며 꽃에 다름 아니었다는 사실을 깨달았다.

그것은 도영매의 삶이 아니라 부친이 원하는 대로 살아주는 꼭두각시의 삶이었을 뿐이다.

그러나 허실은 아니다. 그것은 그 누구의 것도 아닌 바로 그녀 자신의 삶이었다.

그럴 수 있었던 것은 그녀의 모든 것이 돼버린 사람, 용비가 있었기에 가능했었다.

도영매의 세계는 거대했으나 허실의 세계는 아주 작았다. 그러나 도영매의 세계는 무채색이었고, 허실의 세계는 무지개 색이었다.

달포 남짓의 짧은 허실의 삶에서는 부친도 그 무엇도 개입하지 않았었다.

오로지 그녀의 의지에 따라서 용비와 함께 채색해 나가는 둘 만의 신천지였었다.

그녀는 도영매가 아닌 허실이 다시 되고 싶었다. 그래서 용비에게 돌아갈 수만 있다면 어떤 대가라도 치를 수 있다는 각오다.

그의 품에 안겨서 또다시 그 달콤하면서도 가슴이 터질 듯 아름다운 사랑을 다시 한 번 만끽할 수만 있다면, 그이의 무릎에 앉아서 온갖 사랑의 언어와 유희를 감미롭게 나눌 수만 있다면, 천지신명의 심장에 칼이라도 꽂을 수 있다.

허실이 되고 싶은 도영매가 매일 이곳 영매루 칠 층 창가에 서서 창밖 먼 곳을 바라보고 있는 이유는, 저 남쪽 어딘가에 사랑하는 용비가 있을 것이기 때문이다.

그녀는 두 발에 뿌리가 내린 듯 벌써 두 시진째 창가를 떠나지 못하고 있다.

그리고 오늘도 어김없이 너무나도 용비가 그리워서 언제부터인가 하염없이 눈물을 흘리고 있다.

깨끗한 백의유삼을 입은 청년이 자신의 거처를 나와 주천부로 향하고 있다.

그는 주천부의 도영매를 보러 가는 길이다. 태천주 도담천이 친히 그에게 부탁했기 때문이다.

백의청년의 나이는 삼십대 초반이며 훤칠한 키에 약간 마른 듯한 체구를 지녔다.

그의 얼굴을 보면 지금까지 살아오는 동안 티끌만 한 죄나 잘못 같은 것을 한 번도 저지르지 않았을 것처럼 선량해 보였다.

얼굴만이 아니다. 훈훈하고 부드러운 입가의 미소와 온화한 눈빛. 여유자적한 걸음걸이와 온몸에서 풍기는 초탈하고 자비로운 분위기는 그가 아무런 욕심이 없는 사람처럼 보이게 했다.

백의청년의 오른손에는 접은 섭선이 쥐어져 있는데 조금도 바쁠 것이 없는 듯 느릿느릿 걷고 있었다.

그때 백의청년의 왼쪽 저만치의 어느 전각 모퉁이를 한 사람이 빠른 걸음으로 돌아 나오고 있었다.

그 사람은 짙은 회색장포를 입었으며 특이하게 얼굴에 면구(面具)를 쓰고 있는 모습이었다.

아니, 면구라기보다는 면구와 투구의 괴이한 조합이었다. 면구는 얼굴을 다 가렸으며 그것과 이어진 투구는 이마와 머리, 뒤통수, 뒷목까지 덮었다.

그는 단지 두 눈구멍만 뚫려 있을 뿐이다. 더구나 면투구(面鬪具) 역시 그의 옷처럼 짙은 회색이고 얇으면서도 강한 쇠붙이로 만들었다. 또한 두 손에도 쇠로 만든 듯한 장갑을 끼고 있었다.

말하자면 그는 살갗을 조금도 밖으로 드러내지 않은 모습을 하고 있었다.

면투구인은 백의청년을 발견하지 못하고 바삐 주천부 방

향으로 가고 있었다.

"와룡 아우."

백의청년이 나직한 목소리로 부르자 면투구인은 움찔 놀라 그 자리에 멈추며 뒤돌아보았다.

면투구인은 백의청년에게 다가가면서 포권을 하며 밝은 목소리로 말했다.

"형님이셨군요?"

"매매에게 가는 길인가?"

"그렇습니다."

면투구인의 면구 안의 눈동자가 차갑게 빛났다.

"오늘은 반드시 매매에게 확답을 받아낼 겁니다."

"그런가? 각오가 대단하군."

백의청년은 부드러운 미소를 지으며 고개를 끄떡였다.

"내가 도와줄 일은 없나?"

면투구인은 면구 안의 흔들리는 눈빛으로 잠시 백의청년의 순수한 얼굴을 바라보더니 이윽고 고개를 절레절레 가로저었다.

"아닙니다. 소제 혼자 해보겠습니다. 매매도 소제가 형님의 도움을 받아서 청혼하는 것은 좋지 않게 생각할 것이 분명합니다."

"그럴 수도 있겠군."

면투구인은 백의청년에게 공손히 허리를 굽혔다.

"그럼 가보겠습니다."

백의청년은 면투구인의 어깨를 두드렸다.

"자네의 진심이 매매의 굳은 마음을 열 수 있도록 열심히 해보게."

"고맙습니다. 형님."

면투구인은 백의청년의 격려에 크게 고무되어 다시 인사를 하고는 주천부 쪽으로 나는 듯이 달려갔다.

면투구인은 다름 아닌 변천주 와룡후다. 팔 개월 전 광동성 남구릉 용비와의 싸움에서 그는 죽지 않았으며 대신 큰 부상을 입었다.

용비의 대신공에 온몸이 불탔으나 기적적으로 살아났다. 그 대신 처절한 대가를 치러야만 했다.

온몸이 불에 타서 흉측하게 일그러져 버린 것이다. 얼굴은 사람이 아니라 괴물의 모습으로 변했고, 그날 이후 두 번 다시 머리카락이 나지 않았다.

절대십천으로 돌아온 그는 자신의 거처에 틀어박혀서 두문불출 꼼짝도 하지 않았다.

자신의 흉측한 모습을 남에게 보이기 싫기 때문이다. 스스로가 봐도 토악질이 나올 정도인데 남들이 본다면 어떤 기분이 들겠는가.

그렇게 매일 술만 퍼마시면서 절망하고 있을 때 그에게 온 정의 손길을 뻗은 사람이 방금 전의 백의청년이었다.

평소에 백의청년은 누구에게나 친절하고 자비로워서 절대 십천 내에서 신망이 두터운 사람이기에 실의에 빠져 있는 와룡후를 모른 체할 리가 없었다.

백의청년은 여러 가지 예를 들면서 와룡후를 위로했으며 그의 흉측한 모습을 가려주기 위해서 면투구를 하면 어떻겠느냐고 면투구를 제작하는 방법까지 일러주었다.

어쨌든 와룡후가 실의를 딛고 다시 일어선 것은 순전히 백의청년 덕분이었다.

백의청년은 다시 천천히 걸음을 옮기며 저만치에서 주천부 입구에 당도한 와룡후의 뒷모습을 바라보았다.

사실 태천주 도담천은 백의청년에게 두 가지 부탁을 했다. 명령이 아니라 부탁이다.

그중 하나는 와룡후를 도영매에게서 떼어내 달라는 것이다. 와룡후는 더 이상 도영매의 정혼자가 될 수 없으며, 도영매 역시 그를 귀신 보듯이 싫어하기 때문이다.

백의청년은 도담천에게 그런 부탁을 받았으면서도 방금 전에 와룡후의 어깨를 두드리며 격려를 해주었다.

백의청년은 남에게 절대로 싫은 소리를 하지 못하는, 그리고 곤경에 처해 있는 사람을 도와줘야만 직성이 풀리는 그런 사람이다.

도담천의 두 번째 부탁은 매우 어려운 일이다. 하지만 백의 청년은 그 부탁을 거절하지 않고 오히려 기꺼운 마음으로 받아들였다.

척―

도영매가 여전히 영매루 칠 층 창가에 서서 먼 곳을 바라보며 눈물짓고 있을 때 뒤쪽에서 문이 열리고 와룡후가 천천히 들어섰다.

주천부 내부는 도영매에 의해서 특별히 선발되고 훈련된 수백 명의 주천고수가 구석구석을 삼엄하게 지키고 있어서 나는 새조차도 잠입하지 못한다.

더구나 지금 도영매가 있는 영매루는 주천고수들에 의해서 겹겹이 호위되고 있다.

하지만 아무리 주천고수라고 해도 변천주 와룡후를 제지하지는 못했다. 감히 천주를 가로막을 자는 아무도 없기 때문이다.

"나가요."

그런데 도영매는 돌아보지도 않고 차갑게 말했다.

와룡후는 멈칫했다가 지그시 어금니를 악물고 그냥 들어와 등 뒤로 문을 닫았다.

“나가라는 말 못 들었어요? 어서 나가요.”

도영매의 목소리가 조금 더 커지고 싸늘해졌다.

“매매. 오늘은 중요한 일로 왔다.”

“내가 지금 이곳에서 누구의 방해도 받지 않은 채 혼자 있고 싶은 일보다 더 중요한 일은 없어요. 당장 나가지 않으면 수하들을 부르겠어요.”

와룡후는 걸음을 멈추고 착잡한 눈빛으로 그녀를 쳐다보다가 다시 걸어 그녀의 세 걸음 뒤에 멈추었다.

“끝내 당신을 저주하게 만드는군요…….”

도영매는 입술을 깨물면서 중얼거렸다. 그녀의 가늘게 떨리는 싸늘한 목소리만 듣고서도 그녀가 지금 얼마나 격분하고 있는지 짐작할 수 있을 듯했다.

평소 같았으면 그녀의 이런 반응에 와룡후는 즉시 이 자리를 떴을 것이다.

하지만 오늘은 어찌 됐든 결판을 내려고 단단히 각오를 하고 왔다.

그는 뒤도 돌아보지 않는 도영매의 쪽진 뒷머리와 티 한 점 없이 미끈하고 가느다란 뒷목을 쏘아보다가 아랫배에 불끈 힘을 주었다.

“매매, 나하고 혼인해 다오.”

벼락같은 청혼이다. 그러나 놀랄 만한 내용인데도 불구하고 도영매는 끄떡도 하지 않았다. 그의 말을 듣지 못했든가, 듣고도 무시한 것 같았다.

와룡후의 면구 속의 눈빛이 질투와 분노로 이글거렸다. 그는 도영매가 무엇 때문에 자신을 무시하는지, 그리고 누굴 이토록 그리워하는지 알고 있다.

"매매, 네가 아무리 그놈을 그리워한다고 해도 다시 만날 수 있을 것 같으냐?"

결국 와룡후는 참고 참았던 말을 내뱉었다. 아니, 오늘은 이 말을 하려고 찾아왔다. 그래서 도영매로 하여금 마음을 돌리게 만들려는 것이다. 그는 남구릉 낭떠러지 위에서 용비와 싸웠던 것에 대해서는 지금까지 도영매에게 한마디도 한 적이 없었다.

와룡후의 혼인하자는 말에도 끄떡하지 않던 도영매가 이 말에는 흠칫 몸을 떨었다.

그리고는 천천히 돌아서서 눈물로 흠뻑 젖은 얼굴로 그를 쏘아보며 물었다.

"무슨 뜻이죠?"

와룡후는 면투구를 쓰고 난 이후 하루에 한 번 이상 지금까지 수백 번도 더 도영매를 찾아왔었다.

그녀의 정혼자로서의 방문이었다. 과거 두 사람은 서로 사랑하는 사이였다고 믿었으며, 그래서 혼인을 약속하는 정혼을 했었던 것이다.

거기에는 그 누구의 간섭도 들어 있지 않았다. 태천주 도담천도 개입하지 않았다.

오히려 도담천은 두 사람의 정혼을 반겼었고 와룡후를 후계자, 아니, 부마로 점찍었다. 와룡후는 누구보다도 전도양양한 믿음직한 청년이었다.

그러나 세상의 모든 일들이 변화무쌍하듯이 황하가 허리띠처럼 가늘어지고 태산이 숫돌만큼 작아지더라도 변치 말자던 하산대려(河山帶礪)의 약속도 변하게 마련이다.

와룡후는 용비의 대신공에 당하여 세상에서 가장 추악한 몰골로 변했다.

더구나 무엇보다도 도영매가 그를 뱀을 대하는 것보다 더 질겁하며 싫어했다.

그녀가 와룡후를 싫어하는 이유가 단지 그의 외모가 추악하게 변했기 때문만이 아닐 것이라고 도담천은 짐작하고 있다. 그녀는 그런 속물적인 성격이 아니기 때문이다.

그녀는 용비를 사랑하게 되었으며 그래서 와룡후를 싫어하는 것이다.

어쨌든 도담천은 딸이 그토록 싫어하는 와룡후를 그녀의 정혼자로 남겨두고 싶지 않았다.

"매매 네가 어째서 매일 이곳에 와서 남쪽 하늘을 바라보고 있는지 알고 있다.”

도영매는 눈물을 닦을 생각도 하지 않은 채 와룡후를 차갑게 노려보았다. 어줍지 않은 소리 집어치우고 대답이나 빨리 하라는 뜻이다.

그녀를 쳐다보는 와룡후의 눈빛이 비웃음과 득의함으로 일렁거렸다.

이미 죽어버린 놈을 그리워하는 부질없는 도영매에 대한 비웃음이다.

“만능서생 용비라는 놈을 그리워하는 것 아니냐?”

도영매는 그의 눈빛에서 뭔가 불길한 예감을 감지했으나 아무 말도 하지 않았다.

“하하하! 네가 그놈하고 붙어 다닐 때 대충 짐작했었다! 너는 그놈의 여자가 된 모양이구나!”

속이 뒤틀리는 내용인데도 와룡후는 호탕하게 웃었다. 이제 곧 자신이 할 통쾌한 말이 있기 때문이다.

그는 온몸에 심한 화상을 입어서 용모가 추악하게 변했어도 도영매에게만은 깍듯이 예의를 지켰었다. 그런데 그녀의 변함없는 냉담한 반응에 그의 일편단심이 한계에 이르렀고 마침내 분출하고 만 것이다.

“왜 내가 그를 만날 수 없는지 말해봐요.”

도영매는 빨리 대답을 듣고 그를 내쫓고 싶었다. 그녀는 면구 속의 와룡후의 두 눈이 득의함으로 번들거리는 것을 보고 소름이 끼쳤으나 꾹 눌러 참았다.

"호호호……. 매매. 나를 이 지경으로 만든 놈이 너는 누구라고 생각하느냐?"

도영매는 움찔했다. 그녀는 와룡후의 흉측한 몰골은 본 적이 없지만 그가 하나의 시뻘건 고깃덩이처럼 변했다는 소문은 들었다.

그래서 어쩌면 그가 용비하고 싸우다가 그렇게 됐을 수도 있을 것이라고 막연하게 생각한 적이 있었다.

하지만 애써 그런 생각을 부정했다. 우선 팔 개월 전에 와룡후는 용비를 건드리지 않겠다고 그녀에게 굳게 약속을 했었기 때문이다.

그것 때문에 그녀는 낭떠러지에서 뛰어내리지 않고 순순히 그에게 제압됐었던 것이다.

"크흐흐… 용비 그놈이 나를 이렇게 만들었다."

"뭣이?"

도영매의 불길함은 적중하는 것 같았다. 더구나 와룡후는 용비가 자신을 이 지경으로 만들었다고 고백하면서도 지나치게 득의해하고 있다. 그것이 도영매의 심장을 오그라들게 만들고 있었다. 불길한 상상이 그녀의 머릿속을 새하얗게 탈색시켰다.

“내가 이 지경이 됐다면 그놈은 어찌 되었겠느냐?”

“설마 네놈이?”

도영매는 가슴이 철렁 내려앉았다. 불길한 상상이 현실로 다가오고 있었다.

와룡후는 팔짱을 끼고 상체를 뒤로 젖히면서 통쾌한 웃음을 터뜨렸다.

“푸핫핫핫! 그놈이 나를 불태웠지만 나는 그놈을 시체조차 온전히 남기지 못하게 죽여 버렸다!”

“아…….”

도영매는 너무 큰 충격을 받고 쓰러질 듯이 휘청거리다가 손으로 창을 짚고 겨우 몸을 지탱했다.

도영매는 그게 정말이냐고 묻지 않았다. 와룡후라면 충분히 그러고도 남을 인간이기 때문이다.

그리고 그의 몸이 이처럼 추악한 몰골로 변했을 정도였다면, 용비가 어떻게 됐는지 능히 짐작하고도 남음이 있다.

용비가 죽었을 것이라고는 추호도 생각해 본 적이 없었다. 지금 돌이켜보면 얼마나 어리석은 일이었는지 모른다.

어째서 와룡후가 약속을 지킬 것이라고 철석같이 믿었다는 말인가.

“으흐흑……!”

갑자기 바닥이 푹 꺼져 버려 두 다리에 한 움큼의 기력도 남아 있지 않아서 도영매는 그 자리에 풀썩 주저앉으면서 오열을 터뜨렸다.

아니, 주저앉는 것으로도 모자라서 그녀는 바닥에 옆으로 쓰러져서 새우처럼 웅크린 채 온몸을 가련하게 바들바들 떨면서 흐느껴 울었다.

"으으윽…… 흐흐흑… 용랑……."

와룡후는 그 모습을 굽어보면서 형언하기 어려운 최고의 쾌감을 맛보았다.

마치 자신이 지금 이 순간의 쾌감을 위해서 지금까지 살아온 것 같은 기분이 들었다.

그래서 자신이 당한 것에 대한 보상을 한꺼번에 다 되돌려받는 것 같았다.

그는 아무런 행동도 취하지 않은 채 팔짱을 끼고 그대로 서서 도영매의 절망을 지켜보았다.

아니, 관람했다. 그녀의 절망이 깊을수록 그는 더더욱 절정의 쾌감을 맛보았다.

"쿠후후후……."

참으려고 했는데 목이 간질거리면서 웃음이 치밀어 올랐다. 그래서 터뜨렸다.

"쿠캇캇캇캇―! 실컷 울어라! 매매! 이제 너에겐 나밖에 없다! 내가 널 책임져 주겠다!"

그 소름끼치는 광소를 들으면서 도영매는 자신이 죽어가
는 것을 느꼈다.
용비가 없는 세상은 죽음이나 다를 게 없다. 그가 바로 그
녀를 지탱해 주는 삶이었으므로……

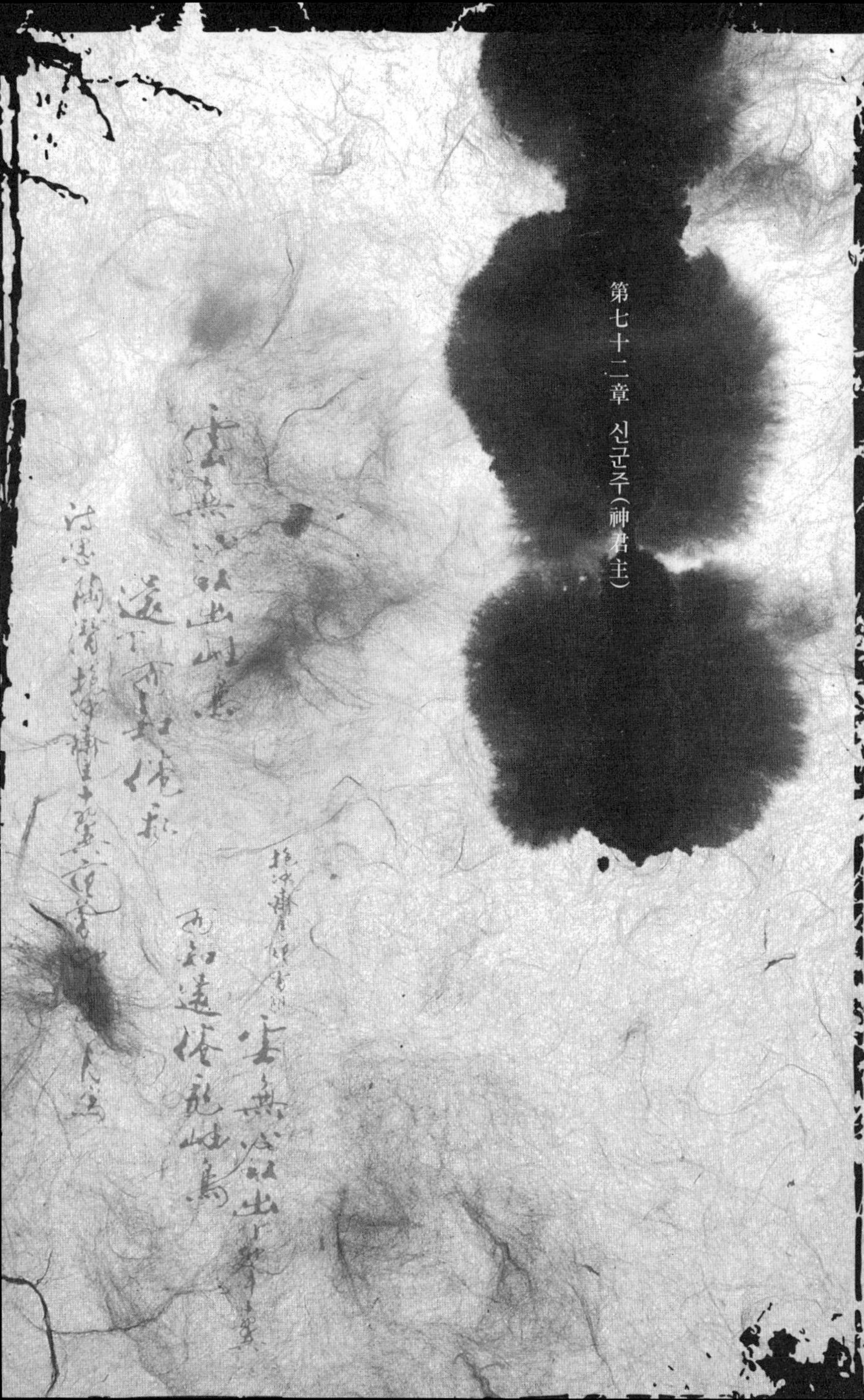
第七十二章 신군주(神君主)

萬能書生

여의신벌은 크게 다섯 개의 구역, 즉 오역(五域)으로 나누어져 있다.

여의신벌의 최고우두머리인 신군주의 거처이며 그의 직속 세력 거주지인 신역(神域).

신군주 모친 미령의 거처인 후역(后域)과 여의신벌의 두 기둥인 상무(商武), 즉 상도와 무도의 상역(商域)과 무역(武域). 마지막으로 여의신벌에 소속된 가족들이 거주하는 광역(光域)이 그것이다.

오역 중에서 광역이 가장 넓다. 현재 천여 명에 달하는 가족이 살아가고 있으며 앞으로도 점점 더 많아질 것이기 때문이다.

그래서 광역은 다른 네 개의 구역을 모두 합친 것보다도 세 배 이상 넓은 지역이며 여의신벌의 배후에 위치해 있다.

또한 광역에는 전각이 거의 없다. 가족끼리 거주하기 때문에 바깥세상처럼 아담한 집들이 수백 채 지어져 있다.

광역 곳곳으로 실개천이 휘돌아 흐르는데 그곳에서 아낙네들이 빨래를 하거나 아이들이 헤엄을 치고 또는 물고기를 잡으면서 논다.

집 주변에는 텃밭과 축사가 딸려 있어서 누구라도 농사를 짓거나 가축을 키우고 싶은 사람은 그곳에서 채소를 가꾸고 혹은 소와 돼지. 염소 따위를 기를 수 있다.

몇 채의 큰 전각은 학문을 가르치는 학관(學館)이나 무술을 가르치는 무도관으로 사용되고 있다.

그들의 가장이나 아들딸들은 모두 여의신벌의 상도와 무도에 소속되어 있으며, 매달 충분한 녹봉을 받기 때문에 풍족한 생활을 누리고 있다.

사실 광역 한복판에 위치해 있는 식품창고에서 곡식과 육류, 생선 등이 무한정 제공되기 때문에 필요한 사람은 언제라도 식품을 가져갈 수 있다.

물론 얼마를 가져가든 자유다. 하지만 많이 가져가는 사람은 한 명도 없다.

　신군주와 최측근들이 거주하는 신역은 여의신벌의 정중앙에 위치해 있다.

　그리고 만능전(萬能殿)은 신역 한복판에 위치한 여의신벌 내에서 가장 거대한 규모의 전각이다.

　만능서생이라는 별호를 따서 이름을 지은 만능전은 오 층 규모이며 순전히 집무만 보는 곳이다.

　지금 만능전 이 층 내전에는 용비를 비롯한 여의신벌의 단주급 이상 핵심인물들이 모두 운집해 있다.

　내전 한가운데 커다랗고 둥근 탁자가 놓여 있다. 하나의 탁자가 아니라 수십 개의 탁자를 서로 이어서 둥근 형태로 만든 것이다.

　그러므로 커다란 원을 형성한 탁자의 복판은 둥글고 넓게 비어 있는 셈이다.

　때는 저녁 무렵이라서 각자의 탁자 앞에는 요리와 술이 차려져 있다.

　용비는 깔끔하게 머리를 깎고 면도를 했으며 산뜻한 흑의 경장으로 갈아입은 헌앙한 모습이다.

　용비를 비롯한 이곳에 모여 있는 모든 사람들이 똑같은 요리와 술을 먹고 있다.

최소한의 차등은 어쩔 수 없는 일이겠지만, 용비는 여의신벌의 사람들 간에는 될 수 있으면 차별이 없게 만들려고 노력하고 있는 것이다.

용비 좌우에는 좌군주(左君主)인 한정과 우군주 수진랑이 앉아 있는 모습이다.

그리고 한정 옆에 무도의 천추군주 한성림과 상도 여의상운의 여의군주(如意君主)이자 한성림의 부인 추여정, 천추부군주인 한무군이 나란히 앉아 있다.

용비의 오른쪽 수진랑 옆에는 무도의 또 한 명의 군주인 신룡군주 반대운과 신룡부군주 반아미가 앉았다.

그 밖에는 한무군 옆에 적발귀가 앉아 있으며, 그 옆에 과거 천추문 천추호위대장이었던 뇌웅과 다섯 명의 청장년고수가, 반대편 반아미 옆에는 그녀의 심복수하 형섭과 다섯 명의 고수가 앉아 있다.

그들은 모두 단주급이다. 적발귀는 유일하게 여의상운 소속이며, 나머지는 모두 무도 천추문과 신룡보 휘하 단주들이다. 또한 그들은 예전 천추문과 신룡보에서 중간지휘자였던 사람들이다.

용비 뒤에는 결우당의 세 친구인 현도와 낙혼, 요조가 나란히 당당한 자세로 서 있다.

이들 세 명은 어디에도 속해 있지 않으며 따로 결우삼군주(結友三君主)라고 불리면서 군주로서의 지위다.

　신군주 용비하고 막역한 친구사이라서 최고의 예우를 누리고 있는 것이다.

　현도와 낙혼 등은 한정과 수진랑에게 무공을 배운 지 벌써 일 년이 다 되어가고 있다.

　그 덕분에 이들은 현재 예전 천추문의 상급무사 수준으로 발전한 상태다.

　물론 용비 주위에 수두룩한 고수들에 비해서는 아직도 형편없는 수준이다.

　그 사실을 현도 등은 잘 알고 있지만 조금도 기죽지 않고 매일 자고 먹는 시간까지 쪼개서 무공 연마에 전력을 기울이고 있다.

　이 자리에서 용비를 모르는 사람은 아무도 없다. 천추문 사람들은 생존자들이 여의신벌에 들어왔을 때 용비를 만나 한동안 함께 생활했었다.

　절대십천에게 발각되면 그 즉시 죽음을 당하는 절박한 상황에서, 용비가 일부러 화봉각에 그들을 찾아달라고 부탁을 했으며, 그들은 물론 가족들까지 모두 여의신벌에 받아주는 큰 은혜를 베풀었다.

　그렇기 때문에 천추문 사람들은 용비에겐 절대적인 신뢰와 충성을 품고 있다.

신룡보 사람들은 구련산에서 용비와 함께 절대십천을 상대로 생사혈전을 벌인 경험이 있다.

서로를 위해서 목숨을 서슴없이 내어주는 희생을 나눈 용비와 신룡보 사람들 사이의 믿음이라는 것은 몇 마디 말로 설명할 수가 없을 정도로 금석과도 같다.

지금은 저녁식사를 겸해서 술을 마시며 한정이 간부들을 한 명씩 소개하고 있다.

방금 전까지 천추문의 한성림과 추여정, 한무군, 뇌웅, 그리고 신룡보의 반대운과 반아미, 형섭이 소개되었다.

한정이 부드러운 목소리로 적발귀를 가리키며 용비에게 설명했다.

"적발귀 단주를 비롯한 예전 쌍월채 사람들은 여의상운에서 호위무사를 맡도록 했어요."

"신군주를 뵈옵니다."

적발귀가 일어나서 공손히 포권을 하며 허리를 굽혔다.

"그들을 여의상운단 약칭 여상단(如商壇)이라 칭했으며 휘하에 삼백 명이 있어요."

용비는 뜻밖이라는 표정을 지었다.

"쌍월채 인원이 그렇게 많았었나?"

"아니에요. 소홍현과 와관에서 여상단에 지원한 십육 세부터 사십오 세까지의 남녀 이백여 명을 포함시켰어요."

“그랬었군.”

“그들 모두에게는 천추문과 신룡보의 검법과 도법을 가르치고 있으며 현재 호위무사들로서 손색이 없는 수준에 이르렀어요.”

“적단주가 삼백여 명을 모두 통솔하나?”

“현재까지는 그랬어요. 그래서 중간 지휘자들을 보강하려고 해요.”

“그래야겠군.”

삼백여 명의 호위무사들이 여의상단에서 운영하는 운송선이나 교역선을 호송한다면 해적이나 수적들로부터 안전할 것이다.

“현재 여상단에는 적발귀 단주 한 명이 전체를 통솔하고 있어요. 그 아래로 다섯 개 직급이 있으나 모두 하위직이에요. 그래서 적발귀 단주를 총단주로 승급시키고, 세 명의 향주를 단주로 임명할까 해요.”

“그렇게 해.”

용비는 고개를 끄떡였다.

한정은 용비의 빈 잔에 공손히 술을 따르고 나서 설명을 이었다.

“소흥현에 두 개의 방, 문파가 있었으며 세 개의 무도관이 있었는데 그들 모두를 받아들였어요.”

“그들이 원했나?”

“네. 또한 와관에도 한 개 방파와 두 개의 무도관이 있었는데 그들 역시 받아들였어요.”

소흥현과 와관의 방, 문파와 무도관에서 받아들인 수가 도합 육백여 명.

그들을 각각 삼백여 명씩 천추문과 신룡보 휘하에 편입시켰으며, 길게는 구 개월에서 짧게는 반년 동안 천추문과 신룡보의 무술을 연마시키고 있다.

“현재 신룡보는 오백여 명으로 신룡군주와 부군주, 여섯 명의 단주 등 여덟 등급의 지위이고, 천추문은 총 사백여 명이며 천추군주와 부군주, 여섯 명의 단주와 역시 여덟 등급 지위로 구성되어 있어요.”

한정은 무도에 대해서 설명할 때에는 항상 신룡보를 먼저 얘기했다.

자신이 천추문 출신이기 때문에 신룡보에 대한 예의를 지키는 것이다.

“그것을 군주와 부군주, 총단주, 단주, 향주, 분주(分主) 여섯 등급으로 축약시키려고 해요.”

한정은 신룡보의 형섭과 천추문의 뇌웅을 일으켜 세웠다.

“이 두 사람은 현재 단주인데 총단주로 승급시키는 것은 어떻겠어요?”

용비는 고개를 끄떡였다.

"좋은 생각이다."

그는 한정이 내미는 술잔을 받으며 한성림과 반대운을 번갈아 쳐다보았다.

"그러나 그 일은 두 분 군주께 맡기는 것이 좋을 것 같군."

"아……."

순간 한정은 뭔가를 깨닫고 깜짝 놀랐다. 지금까지 자신이 여의신벌 내의 거의 모든 일을 주관해 오다 보니까 천추문과 신룡보 내부의 지위까지 스스럼없이 개입하고 있다는 사실을 말이다.

엄밀하게 따진다면 그것은 월권이다. 천추군주나 신룡군주를 허수아비로 만드는 행동인 것이다. 한정은 자신도 모르게 그런 우를 범한 것이다.

한정은 급히 일어나서 반대운과 한성림에게 고개를 숙이며 사과했다.

"죄송합니다. 소녀의 생각이 짧았어요. 용서하세요."

반대운은 일어나서 한정에게 포권을 해 보인 후에 정중하고 진중한 표정으로 말했다.

"좌군주께선 여의신벌의 군사(軍師)이시며 본인보다 윗분이시오."

"아, 아니에요. 그렇지 않아요."

같은 군주인데 반대운이 그렇게 말하자 한정은 두 손을 저으며 크게 당황했다.

그러나 반대운은 개의치 않고 용비를 보며 정중히 말했다.

"신룡보는 여의신벌 휘하입니다. 여의신벌 무도에 속한 하나의 조직이라는 말씀입니다. 그러므로 좌군주의 명에 따르는 것이 당연합니다."

한정은 거기까지는 미처 생각하지 못했기에 놀란 얼굴로 용비를 바라보았다.

그러나 용비가 담담한 표정으로 고개를 끄떡이는 것을 보고 그가 이미 그것까지 내다봤다는 사실을 깨달았다.

용비는 한정을 약간 꾸짖는 것으로써 반대운의 체면을 살려주고, 이어서 여의신벌의 상하지위를 공고히 만들려 했던 것이다.

그리고 그의 뜻대로 됐다. 여러 명의 군주가 있지만 좌우군주가 상급임을 확인시켰다. 덩달아서 수진랑은 어부지리를 얻었다.

반대운의 나직하면서도 웅혼한 목소리가 이어졌다.

"인사권한은 오로지 신군주와 좌군주께만 있는 것으로 사료되옵니다. 그런 의미에서 본인은, 아니, 속하는 좌군주의 명령에 기꺼이 따르겠습니다."

그는 자신을 '본인'이라고 했다가 곧 '속하'라고 바꿨다.

"그 점은 속하들도 신룡군주와 같은 생각입니다."

한성림이 동의하자 옆에 앉은 추여정도 고개를 끄떡였다.

용비는 엷은 미소를 지으며 한정에게 빈 잔을 내밀었다.

"계속하지."

그는 이제 한정에게 하대를 하는 것이 꽤 자연스러워졌다.

허실하고 광동성 남구릉 오화에서 마지막으로 술을 마셔 본 이후 팔 개월 만에 술을 마시게 된 용비는 두어 병을 마시고는 약간 취기를 느꼈다.

마음만 먹으면 취기를 즉시 몰아낼 수 있지만 그렇게 하지 않았다.

잠시라도 허실을 잊고 싶고, 또 집에 돌아온 흐뭇한 기분을 느끼고 싶었기 때문이다.

조금 전에 한정에 의해서 여상단의 적발귀와 신룡보의 형섭, 그리고 천추문의 뇌웅이 총단주로 승급되었다.

그리고 천추문과 신룡보, 여상단에서 예전에 향주였던 사람 중에 아홉 명이 새로 단주로 승급하여 이곳으로 불려와 용비에게 승급인사를 올린 후에 술자리에 함께 했다.

용비와 한정, 수진랑의 자리에 탁자 세 개를 더 붙여서 용비 뒤에 서 있던 결우삼군주 현도와 낙혼, 요조를 합석하게 하여 함께 술을 마시며 오랜만에 만난 묵은 얘기들을 나누며

화기애애한 분위기를 이어갔다.

"그런데 말입니다."

몇 잔의 술을 마신 후에 요조가 궁금해서 견딜 수 없다는 표정으로 용비를 보며 말문을 열었다.

"도대체 신군주는 아홉 달이나 지나도록 어디에서 무얼 한 겁니까?"

공석에서는 용비에게 존대를 하는 것이 이제 결우삼군주들도 익숙해졌다.

요조의 말에 그곳에 있던 사람들뿐만 아니라 가까운 곳의 한성림과 반대운 등도 귀가 솔깃하여 이쪽을 주시했다.

용비는 무엇 때문에 일정이 팔 개월이나 더 늦어졌는지에 대해서는 아직 아무에게도 말하지 않았다.

모두들 몹시 궁금하게 여기고 있지만 용비 스스로 말하지 않으면 그에게 물을 수 없는 것이 불문율처럼 된 터라서 참고 있는 중이었다.

"나부파에서 돌아오다가 임포라는 곳에서 예기치 않았던 싸움이 있었다."

용비는 광동성 남구룽에서 절대십천 변천주 와룡후와 싸웠던 사실을 조용한 목소리로 설명해 주었다.

시끌시끌하던 좌중은 바늘 하나 떨어져도 크게 들릴 정도로 조용해졌고, 모두들 그의 말에 귀를 기울였다.

그가 와룡후를 불태웠다고 하자 좌중 여기저기에서 놀라움과 감탄의 탄성이 터져 나왔다.

모두들 용비의 무위가 대단하다고 알고 있지만 설마 절대십천의 절대자 중 한 명인 변천주하고 싸워서 그를 불태울 정도의 굉장한 실력일 줄은 예상하지 못했었다.

온몸이 활활 불탔다는 것은 와룡후가 죽었다는 뜻이다. 용비가 절대십천의 천주 한 명을 죽인 일은 그냥 넘어갈 수 없을 만큼 굉장한 사건이다.

그리고 이후에 용비가 중상을 입고 낭떠러지 아래로 추락했다는 대목에서는 다들 안타까움을 금치 못했다.

용비가 아무렇지도 않은 듯 담담하게 설명하고, 또 그가 살아 돌아와서 모두의 앞에 앉아 있는데도 그 당시의 상황이 눈에 선하게 떠오른 것이다.

용비의 마지막 말은 짧고 간단했다.

"그래서 그곳 동굴에서 만절삼신도를 배웠소."

숨소리도 들리지 않는 정적이 한참 동안이나 흘렀다.

모두들 만절사신도에 대한 소문은 들어서 알고 있다. 용비가 만절사신도를 지니고 있어서 절대십천에게 쫓기고 있다는 내용이다.

용비의 최측근은 그가 만절사신도 중에서 호신도의 호투신박을 배웠다는 사실을 알고 있다.

천추군주 한성림과 부군주 한무군. 여의군주 추여정은 용비가 만절사신도를 지니고 있는 것까지 알고 있다. 그가 직접 자신의 입으로 시인했기 때문이다.

그 외 대부분의 사람들은 강호에서 들은 소문만큼만 알고 있는 정도였다.

그런데 방금 용비가 '만절삼신도를 배웠다'고 말한 것이다. 어쨌든 그 말은 모두에게 각각 다른 의미로 해석됐다.

역시 이번에도 요조가 침묵을 깼다.

"그럼 만절사신도를 다 터득한 겁니까?"

"그렇다고 할 수 있지."

용비가 고개를 끄떡이자 좌중 여기저기에서 감탄이 와르르 터져 나왔다.

좌중의 대부분은 자신들의 최고우두머리가 정확하게 어떤 인물인지 지금까지도 잘 모르고 있었다.

무림에서 하도 만능서생 별호를 떠들어대니까 대단한 고수일 것이라고 막연하게 짐작하고 있었을 뿐이다.

그런데 이제 보니 소문이 풍문이 아니었다. 신군주는 정말 만절사신도를 지니고 있었던 것이다.

"주군. 어떻습니까? 이 기회에 수하들에게 주군의 신분을 밝히는 것도 나쁘지 않을 것 같습니다만."

그때 한성림이 일어나 용비에게 정중히 포권을 하면서 조심스럽게 의견을 피력했다.

'주군의 신분'이라는 말에 좌중은 다시 심연처럼 조용하게 가라앉으며 긴장한 표정으로 시선이 일제히 용비에게 집중되었다.

모두 용비의 신분이 여의신벌의 신군주 말고 다른 것이 있는 것인가 하는 궁금증이 얼굴에 역력했다.

그것을 알고 있는 사람은 용비의 최측근과 한성림, 한무군, 추여정 정도가 전부였다.

용비는 한성림의 말이 옳다고 생각했다. 이런 상황까지 이르러서도 자신이 만절기황의 전인이라는 사실을 계속 감추고 있는 것은 어떤 면에서는 수하들을 기만하는 것이다.

여의신벌 사람들, 아니, 최소한 간부급들은 자신들이 모시는 최고 우두머리의 신분이 무엇인지 알 자격이 있다.

"그러겠습니다."

또한 한성림의 권유를 받아들여서 그의 체면을 살려주는 것은 작은 덤이다.

현도 등 결우삼군주는 곧 좌중이 뒤집어질 것이라는 생각에 얼굴에 흥미진진한 미소를 감추지 못했다.

용비는 모두를 한차례 둘러보고 나서 뜸을 들이지 않고 짧고 간단하게 말했다.

"나는 만절기황의 전인이오."

　그 말을 제대로 알아들은 사람은 소수에 불과했다. 신룡군주 반대운과 반아미, 형섭도 그중에 속했다.

　그 말을 알아들은 사람들은 인간이 지을 수 있는 가장 놀라는 표정을 얼굴 가득 떠올리고 입을 크게 벌렸다.

　알아듣지 못한 대다수는 반신반의하는 표정으로 옆 사람의 얼굴을 쳐다보면서 자기가 방금 잘못 들은 것은 아니었는지 확인을 하고, 아니면 방금 그 말이 무슨 뜻인지, 혹은 케케묵은 기억 속에서 만절기황이라는 고금제일의 별호를 끄집어내느라 부산했다.

　"저, 정말입니까?"

　그때 반대운이 통기듯 일어나며 자신도 놀랄 만큼 큰소리로 고함을 치듯 물었다.

　"그렇습니다."

　용비가 고개를 끄떡이면서 대답을 했는데도 불구하고 반대운은 뻣뻣하게 선 채 경악하는 표정을 지으며 한동안 용비를 뚫어지게 주시하기만 했다.

　반대운 만이 아니다. 좌중의 모든 사람들은 이제야 용비가 만절기황의 전인이라는 사실을 깨닫고 혼비백산한 얼굴로 그를 쳐다보았다.

　반대운은 한참 만에야 길게 숨을 내쉬었다.

　"아아… 그랬었군요. 이제 다 이해할 수 있습니다. 절대십천이 어째서 그토록 포악을 떨며 주군을 잡으려고 했었는지를……. 놈들은 만절사신도를 손에 넣는 것만이 목표가 아니었던 것입니다."

뜻밖의 말에 용비는 넌지시 물었다.

"또 다른 목적이 있다는 뜻입니까?"

"그렇습니다. 절대십천의 목적은 두 가지였던 것이 분명합니다. 첫째는 만절사신도를 탈취하는 것이고 둘째는 만절기황과 주군을 죽이는 것이었습니다."

"나와 사부님을?"

반대운은 돌덩이처럼 굳은 표정을 지었다.

"절대십천이 유일하게 두려워하는 인물이 만절기황입니다. 만약 그분이 선봉에 서서 절대십천 반대 세력을 규합한다면 구름처럼 몰려들 것입니다."

"그렇습니까?"

"절대십천은 오래전부터 만절기황과 만절사신도를 찾느라 혈안이었다고 들었습니다. 만절기황의 모든 것이 담겨 있는 만절사신도를 수중에 넣어 고금제일절학을 얻어내고 만절기황을 죽여서 절대십천의 유일한 위험요소를 없애려는 것입니다."

그런데 만절기황이 전인을 두었다. 바로 용비다. 그를 놔두면 또 한 명의 만절기황으로 성장할 테고, 절대십천을 위협

할 수 있는 초절고수가 두 명이 될 것이다. 그러므로 용비마저 죽이려고 한 것이다.

반대운의 추측은 의심할 여지가 없다. 누가 들어도 그의 말은 정확했다.

용비는 술잔을 든 채 깊은 생각에 잠겼으며, 좌중은 엄청난 사실을 알게 된 놀라움을 추스르느라 정신이 없다.

그때 갑자기 적발귀가 커다란 주먹을 휘두르면서 소리쳤다.

"주군! 그 자식들 혼 좀 나야겠는데요?"

그는 천하최강 절대십천을 마치 마을의 하잘 것 없는 건달 무리처럼 취급했다.

그는 일어나서 용비에게 정중히 고개를 숙이며 우렁찬 목소리로 청했다.

"주군께서 명령만 하시면 속하가 여상단을 이끌고 가서 박살 내고 돌아오겠습니다!"

절대십천이 한 주먹거리도 안 된다는 듯이 말하자 요조가 손을 저었다.

"안 된다."

"무엇 때문에 안 됩니까?"

적발귀가 못마땅한 듯 퉁명스럽게 묻자 요조가 천연덕스럽게 대꾸했다.

"적발귀 너처럼 무지막지한 놈이 가면 절대십천의 개 한 마리조차 남겨놓지 않고 깡그리 죽여 버릴 텐데 장차 그 일을 두고 무림동도들이 우릴 욕하지 않겠느냐? 여의신벌이 욕먹는 짓을 내버려 둘 수는 없다."

적발귀는 팔짱을 끼고 고개를 끄떡였다.

"흠! 하긴 요조님의 말씀도 일리가 있군요. 속하가 강하기는 좀 강하죠."

두 사람의 너스레에 용비가 미소를 짓자 모두들 와아! 하고 파안대소했다.

자칫 무겁고 심각해질 뻔한 분위기를 적발귀의 우직한 재치가 구해냈다.

술시(밤8시) 무렵.

연회를 파한 이후에 용비는 한정과 수진랑만 대동하고 신역 만능전 뒤편에 위치한 결우전(結友殿)으로 향했다.

결우전은 현도와 낙혼, 요조 등 결우삼군주와 결우당 사람들의 거처이며 집무를 보거나 무공을 수련하는 곳이다. 결우당의 이름을 따서 결우전이라 한 것이다.

여의신벌이 발족되었으나 결우당은 아직도 존속하고 있다. 결우삼군주를 중심으로 소선개와 마강, 설매, 대도, 막막이 그곳에 속해 있다.

그들은 여의상운이나 천추문, 신룡보 어디에도 속하지 않은 초창기 동료들이다.

더구나 그들은 지금도 결우당의 일을 계속하고 있다. 예전 사우당 시절에 비해서 제법 일의 규모가 커졌으며, 천붕호를 타고 부지런히 항주와 인근을 들락거리면서 지금까지 이십여 건 정도의 실적을 올렸다.

여의상운의 규모에 비하면 새발에 피지만 그래도 매월 평균 은자 십만 냥 정도의 수입을 올리고 있다.

과거 사우당 시절의 인맥과 마당발인 소선개의 활약으로 짭짤한 일거리들이 끊이지 않고 들어왔다.

그들에게 다른 일은 신경 쓰지 말고 결우당의 일을 계속하라고 종용한 사람은 한정이었다.

여의신벌이 발족하던 시기부터 용비가 워낙 오랫동안 자리를 비웠던 탓에 한정이 함부로 그들에 대한 처우를 정할 수가 없었다.

여의신벌이 상도와 무도로 나누어지고, 무도에 천추문과 신룡보가 들어서 소흥현과 외관의 방, 문파와 무도관들을 흡수하면서 자리를 잡고, 여의상운에는 적발귀의 쌍월채가 호위무사로 들어앉은 상황에서는 결우당 사람들이 갈 곳이 마땅하지 않아서 결우당을 유지하라고 권했던 것이다.

하지만 용비가 지금 이곳 결우전에 온 이유는 결우당 사람들을 만나려는 것이 아니다.

용비는 꽤 큰 규모의 전각인 결우전 이 층과 삼 층을 사용하고 있는 사람들을 만나러 왔다.

그들은 식사를 하거나 측간을 이용하기 위해서만 일 층으로 내려올 뿐 이곳에 온 이후 결우전 밖으로 나가본 사람은 아무도 없다.

그들은 용비를 만나기 위해서 먼 길을 왔으며 지난 팔 개월 동안 결우전에 머물면서 그를 기다렸었다.

한정의 안내로 용비는 결우전 이 층으로 올라갔다.

그곳에는 이십여 개의 방과 편좌방, 연무실 등이 갖추어져 있으며 한정은 그중 어느 방 앞에 멈춰 섰다.

척—

용비가 문을 열고 들어가자 실내 한가운데 탁자 앞에 꼿꼿한 자세로 앉아 있던 한 사람이 벌떡 일어나 그를 향해 다가왔다.

"용 시주!"

대나무처럼 깡마르고 날카로운 인상의 노도사는 만면에 더할 수 없이 반가운 표정을 지으며 덥석 용비의 두 손을 거머잡았다.

"청허 도장!"

용비도 매우 반가워하며 맞잡은 손을 흔들었다.

노도사는 다름 아닌 나부파 이장로인 청허자다. 그는 이미 팔 개월 전에 나부파에서 선발된 백 명의 고수를 이끌고 여의 신벌에 도착했었다.

용비가 만절기황의 전인이라는 사실과 그가 절대십천을 상대로 싸울 것이라는 사실을 알게 된 나부파 장문인 무유자는 여의신벌에 나부파 고수들을 보내주겠다고 했었는데 약속을 지킨 것이다.

그런데 설마 장로인 청허자를 백 명의 우두머리로 보낼 줄은 예상하지 못했었다.

"빈도는 용 시주가 반드시 돌아올 것이라고 믿었소."

청허자와 백 명의 나부파 도사는 만나러 온 용비도 없는 여의신벌에서, 그것도 결우전에서 한 발도 나가지 않은 상태로 팔 개월이나 기다린 것이다.

그들이 도착했을 때는 와관의 여의신벌이 한창 공사 중이었으며, 천추문과 신룡보 고수들 이하 여의신벌의 모든 사람이 공사에 뛰어들어 밤낮없이 일을 했었다.

청허자를 만난 한정은 나부파 사람들을 조아강 상류의 쌍월채 본거지로 은밀하게 데리고 갔다가 나중에 여의신벌이 거의 완성되어 가자 다시 이곳으로 이동시켰다.

장장 팔 개월 동안이나 갇혀서 지내는 것은 수양을 업으로 삼는 도인이 아니고는 견디기 어려운 뇌옥 생활이었다.

"너무 늦어서 죄송합니다. 용서하십시오."

용비가 엷은 미소를 지으면서 고개를 숙이며 진심 어린 표정으로 말하는 것을 보며 청허자의 표정이 가볍게 변했다.

청허자는 팔 개월 전에 비해서 용비가 많이 달라졌다는 사실을 한눈에 알아보았다.

팔 개월 전에 나부파에서 만났을 때의 용비는 강철처럼 단단한 사람이었다.

예절을 차리기는 했으나 굽힘이 없었고, 꼭 필요한 말만 하는 과묵함에 왠지 가까이 다가가는 것이 매우 꺼려지는 분위기를 지니고 있었다.

그런데 지금은 그런 불편한 기운들이 조금도 보이지 않았다. 말투는 매우 부드러워졌으며 훈훈한 미소는 보는 사람의 마음을 편안하게 만들었다. 또한 방금 그가 한 사과에는 진심이 묻어나왔다.

"용 시주, 그동안 좋은 일이 있으셨소?"

용비는 담담히 미소 지으며 만절삼신도를 터득했다는 것을 간단하게 설명해 주었다.

"무량수불…… 이런 홍복이……."

청허자는 자기 일보다 더 기뻐했다. 그는 까다롭고 괴팍한 성격이지만 한 번 마음을 준 사람에겐 쓸개를 빼주어도 아까

위하지 않는 성격이다.

"헛헛헛! 맹호가 날개를 달았으니 이제는 절대십천도 두렵지 않소이다."

"과찬이십니다."

잠깐의 짧은 해후로 인해서 청허자는 용비를 더 좋아하게 되었다.

더구나 용비가 만절기황의 만절사신도를 다 터득했으니 그야말로 불감찬일사(不敢贊一辭) 너무 훌륭해서 뭐라고 칭찬의 말을 하는 것이 오히려 폐를 끼치는 것만 같았다.

"본 파에서 연락을 받았소. 칠 개월쯤 전부터 절대십천 염천주의 박해가 사라졌다고 하오."

절대십천의 염천주는 광동성을 실질적으로 관리하고 있는 나부파에게 매달 금 백만 냥씩 상납하고 또한 나부파의 모든 도관들을 해체하라는 과도한 명령을 내렸었다.

광동성 제일 방파인 사해신방이 광동성 각지에 있는 사백여 개 방, 문파 중에서 무려 이백오십여 개를 통합시키고, 염천주에게 이 년 동안이나 매달 금 오십만 냥씩을 은밀하게 보내면서 나부파를 없애고 자신들을 절대십천 광동분타로 삼아 달라고 모함했었기 때문이다.

실내의 탁자에 용비와 청허자가 마주 앉아서 차를 마시고 있으며, 한정과 수진랑은 용비 좌우에 앉아 있다.

청허자는 신바람이 났다. 이번이 단 두 번째 만남인데도 용비를 평생지기처럼 생각하기 때문이고, 나부파가 곤경에서 벗어났기 때문이다.

"그뿐만 아니라 절대십천으로부터 상납금을 한 푼도 내지 않아도 된다는 전갈이 왔다고 하오. 물론 본 파의 도관들을 해체시키라는 기존의 명령도 없던 것으로 되었소."

용비는 적잖이 놀라는 표정을 지었다. 절대십천의 염천주가 아무 일도 없는데 괜히 나부파에 대한 박해를 그만두었을 리가 없다.

가만히 있으면 어마어마한 이득을 챙길 수 있는 일을 스스로 그만뒀을 리가 없다는 것이다. 필경 누군가로부터 그만두라는 압력을 받은 것이 분명하다.

'허실이다.'

용비는 가슴이 두근거렸다. 허실이 절대십천으로 돌아가서 염천주가 나부파를 핍박하는 것을 멈추도록 한 것이 분명하고 생각했다.

그녀가 아니면 그런 일을 할 사람이 없다. 그녀는 나부파의 일을 잊지 않았다.

그것을 다르게 말한다면 그녀가 용비를 잊지 않았다는 뜻이기도 하다.

어쩌면 그녀는 절대십천으로 돌아간 후에 기억을 되찾았

을지도 모른다.

기억을 되찾지 못한 상태에서는 부친인 태천주를 설득하기가 어렵다.

더구나 태천주 정도의 인물이라면 자기 딸의 잃어버린 기억을 되찾아줄 만한 능력이 충분할 터이다.

용비가 염려하던 허실이 죽었을지도 모른다는 최악의 상황은 벌어지지 않았다.

오히려 그녀는 기억을 되찾고 용비하고의 기억도 훼손하지 않은 것이 분명했다.

용비는 좌우에 한정과 수진랑이, 그리고 앞에는 청허자가 앉아 있다는 사실도 잊은 채 허실에 대한 그리움으로 가슴이 먹먹해졌다.

한정과 수진랑은 용비가 혼자서 여의신벌에 돌아온 이후 허실에 대해서 묻지 않았었다.

혼자 귀환했다는 것은 허실에게 좋지 않은 일이 벌어졌기 때문일 것이라고 추측했기 때문이다.

그래서 그 얘기를 꺼내 용비의 마음을 아프게 하고 싶지 않았던 것이다. 한정과 수진랑은 지나칠 정도로 용비를 염려하는 것이 분명했다.

청허자는 용비의 표정을 보고는 나름대로 상황을 짐작할 뿐 아무것도 묻지 않았다.

허실에 대해서 말을 꺼내 용비의 마음을 다치게 하거나 그를 곤란하게 만들 수도 있다고 생각했다.

청허자는 용비 좌우에 앉아 있는 두 소녀가 그와 특별한 관계가 있을 것이라고 짐작하고 있었다.

그녀들이 용비를 대하는 태도나 표정, 눈빛만 보고서도 대충 알 수가 있다.

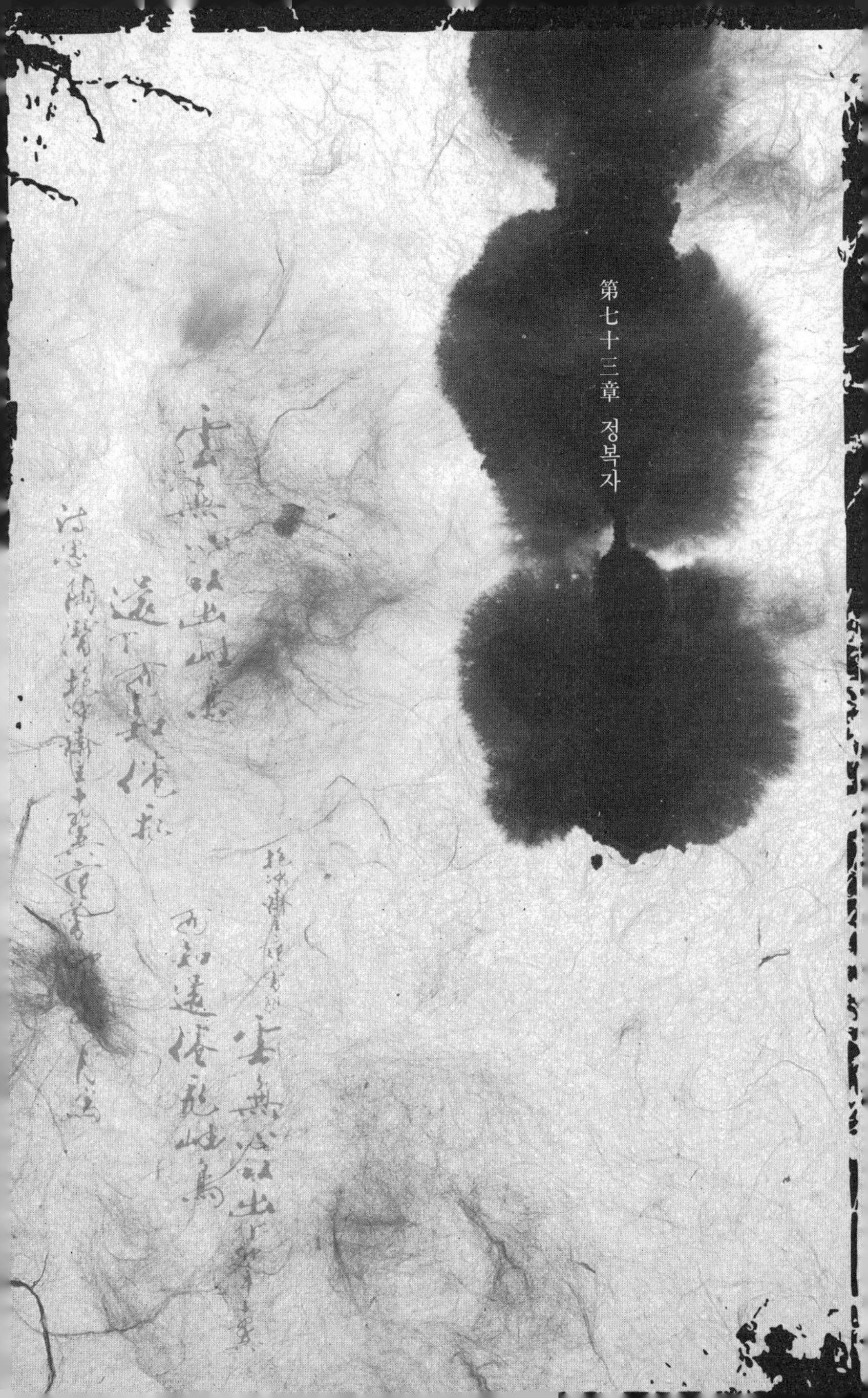

第七十三章 정복자

　용비가 청허자하고의 대화가 길어지자 한정과 수진랑은 먼저 나와 만능전으로 돌아왔다.

　지금까지 만능전에서는 오직 두 사람 한정과 수진랑만 생활해 왔었지만 이제 만능전의 주인이 돌아와 이틀째 밤을 맞이하게 되었다.

　용비는 돌아온 첫째 날 밤에 수진랑과 잤다. 여자의 몸에 대해서 몰랐을 때에는 정사라는 것이 중요하다고 생각해 본 적이 없었다.

　그러나 그는 두 여자 수진랑과 허실을 알게 되었다. 이후 만절삼신도를 연마하느라 팔 개월 동안 금욕생활을 했었기 때문에 쌓인 욕정을 쏟아내느라 여의신벌에 돌아온 첫날 그는 수진랑을 거의 반쯤 죽여 놓았다.

아침에 일어나서 수진랑은 두 발로 제대로 바닥을 딛고 서지도 못했다.

"언니⋯⋯."

한정은 얼굴이 빨개져서 어쩔 줄을 몰랐다.

오늘 밤에는 한정이 용비와 함께 자라고 방금 수진랑이 말했기 때문이다.

언젠가는 그런 날이 올 것이라고 막연하게 생각했었지만 그게 오늘 밤일 줄은 꿈에도 생각하지 못했다.

원래 큰일이란 예고도 없이 갑자기 닥친다는 옛말이 맞는 것 같았다.

한정은 크게 당황하고 또 마음이 진정되지 않아서 좌불안석했다.

"언니 나는⋯⋯."

"왜? 싫어?"

"⋯⋯."

수진랑이 노골적으로 똑바로 보면서 묻자 한정은 말문이 막혀 버렸다.

싫을 리가 없다. 용비와 수진랑이 함께 자는 것을 얼마나

부러워했었는데 싫어할 리가 있겠는가.

"정매가 그이하고 자는 것을 원하지 않는다면 내가 잘못 생각하고 있었다는 것이니까 사과할게."

한정은 수진랑이 농담을 하는 것이 아니라는 걸 잘 안다. 그녀는 농담 같은 것을 모른다. 그래서 한정은 지금이야말로 말을 잘해야 할 때라고 생각했다.

"아… 알았어. 언니."

그녀는 부끄러움을 참으면서 목덜미까지 붉히며 기어드는 목소리로 겨우 대답했다.

평소의 수진랑은 다른 사람을 배려한다는 것 자체를 할 줄 모른다.

그런데도 한정을 챙기려고 하는 것은 자신과 한정 두 사람이 용비의 여자라고 생각하고 있기 때문이다.

한정의 심정이 어떨지 따위는 모른다. 그저 그동안 내가 용비하고 계속 잤으니까 이제 한정도 그래야 하지 않을까 하고 생각했을 뿐이다.

"그리고 말이야. 내가 정매보다 생일이 두 달 빠른 것 갖고 자꾸 언니라고 부르지 마."

수진랑이 정색을 하고 말하자 한정은 뜨악해졌다.

"한 살 더 먹어서 나도 이제 열아홉 살이야. 일 년만 더 있으면 이십대라고, 알았어? 남자들은 어린 여자를 좋아하잖

아. 그런데 정매가 자꾸 언니라고 부르면 내가 상대적으로 훨씬 더 늙어 보이지 않겠어? 용비, 아니, 그이가 늙은 날 싫어할 수도 있다고 생각하면 살고 싶지 않아.”

한정은 수진랑이 그런 미묘한 것까지도 신경을 쓰고 있다는 것과 매우 솔직하게 말했다는 사실보다도, 그녀가 이처럼 한꺼번에 많은 말을 했다는 사실에 더 놀랐다.

“대답은?”

“알았어.”

“나도 앞으로는 정아라고 부를 테니까 그럼 너도 내 이름 불러봐.”

“랑아…….”

“됐어.”

단지 호칭 때문에 갑자기 어려진 듯한 기분이 든 수진랑은 만족한 듯 엷은 미소를 지으며 문으로 향했다.

“갈게. 잘 해봐.”

“언니.”

한정이 당황해서 급히 일어섰다.

“또.

“아… 랑아.”

“왜?”

한정은 쭈뼛거렸다.

"어떻게 해야 되지?"

수진랑은 무슨 뜻인지 알아듣지 못했다.

"뭐가?"

"그가 오면……."

"그라니? 용비?"

"응."

한정은 치맛자락을 두 손으로 붙잡고 적잖이 난감한 표정을 지으며 도움을 청했다.

그녀는 밖에 더 이상 나갈 일이 없는 밤에는 편한 치마 차림을 즐겨 입는다.

수진랑은 진지한 표정을 지었다.

"어떻게 하는지 몰라?"

"응."

한정은 용비가 자신의 방을 찾아오면 어색하지 않도록 어떤 분위기를 만들어 두면 좋을까 고민했다. 술상을 봐두는 것도 좋을 테고, 실내의 불을 조금 어둡게 하는 것도 도움이 될 것 같았다.

"술상을 봐둘까 하는데……."

수진랑은 심각하게 설명했다.

"그것도 좋지. 그런데 용비 음… 우선 그이의 그것이 커져야 해. 할 수 있겠어?"

"그래야겠지."

한정은 고개를 끄떡였다. 용비는 술을 좋아하니까 그의 술잔을 큰 것을 준비해야겠다고 생각했다. 역시 수진랑에게 조언을 구하기를 잘한 것 같았다.

수진랑은 자신과 용비가 정사를 할 때 어쨌었는지 기억을 떠올려보았다.

하지만 딱히 기억나는 것도 자신이 뭔가 어떤 동작을 취했던 기억이 나지 않았다.

그저 바싹 마른 풀에 불이 확 붙은 것처럼 둘 다 정신없이 그 짓에 몰두했었으며 정신을 차리고 나니까 정사가 끝나 있었다.

그리고는 온몸이 부서져 버리는 듯한 고통과 함께 밀려드는 행복과 만족감이 있었다.

그걸 한정에게 느끼게 하려면 절대적으로 그녀의 협력이 필요하다고 생각했다.

"다리를 최대한 넓게 벌려서 받아들여."

"왜? 뭘 받아들여?"

한정은 어째서 술을 마시면서 다리를 넓게 벌려야 하는지 또 무엇을 받아들여야 하는지 이해하지 못했다.

"그이 것이 엄청 크거든……. 다른 사내 것은 보지 못해서 모르지만 하여튼 굉장히 크고 굵어."

“크고 굵은 것하고 내가 다리를 넓게 벌려야 하는 것이 무
슨 상관이지?”
　수진랑은 주위를 두리번거리다가 탁자를 받치고 있는 굵
은 기둥을 가리켰다.
　“저거 보여?”
　“응.”
　수진랑은 방향을 틀어 손가락으로 한정의 하체 은밀한 곳
을 찌르듯이 가리켰다.
　“저게 거기에 들어간다고 생각해 봐.”
　한정은 수진랑의 얼굴과 탁자의 기둥과 자신의 그곳을 번
갈아 쳐다보다가 비로소 무슨 뜻인지 깨닫고 얼굴이 홍시처
럼 붉어졌다.
　“아마 그이 것은 저거보다 더 굵을 걸?”
　한정은 마구 도리질을 치면서 수진랑의 어깨를 통통 마구
때렸다.
　“망측해……”

　한정은 탁자에 술상을 차려놓고 용비가 오기를 기다렸으
나 그는 끝내 오지 않았다.
　혹시 그가 오늘 밤에도 수진랑의 방에 간 것이 아닌가 했으
나 그건 아니었다.

　자정이 다 되어갈 즈음에 수진랑이 미안한 표정을 지으며 찾아온 것이다.

　"용비 지금도 수련실에서 무공 연마하고 있어. 밤 샐 모양이던데 기다리지 말고 그만 자."

　한정은 수진랑이 미안한 표정을 짓는 것을 보고 방그레 미소를 지으며 그녀를 위로했다.

　"나도 피곤하니까 자야겠어. 내 걱정 하지 말고 가서 자."

　수진랑이 가고 난 후에 한정은 망연히 앉아 있다가 혼자서 술을 마시기 시작했다.

　언제부터인지도 모르는 사이에 그녀는 눈물을 흘리면서 술을 마시고 있었다.

　만능전 삼 층 수련실에서 한 시진 동안 쉬지 않고 만절사신도의 절학을 연마하던 용비는 잠시 동작을 멈추었다.

　전혀 숨이 차지 않았고 땀은 한 방울도 나지 않았다. 광동성 남구룽에서 만절삼신도를 터득하기 전이었다면 한 시진 정도 미친 듯이 수련을 하고 나면 숨이 턱에 차고 온몸이 땀으로 흠뻑 젖을 정도로 지쳤었다.

　현재 그는 팔 개월 전에 비해서 공력 면에서는 무려 두 배반 이상, 무위 면에서는 자그마치 세 배 이상 고강해져 있는 상태다.

팔 개월 동안 삼원심공을 꾸준히 연마했으며, 하나의 그림에 들어갔다가 나올 때마다 만절삼신도의 영물들, 즉 용신도의 천룡 용아, 봉신도(鳳神圖)의 주작 영봉(靈鳳), 지중도(地中圖)의 현무 흑신(黑神)을 체내로 흡수하여 자신의 공력으로 만든 덕분이다.

용비의 체내에는 만절사신도의 영물들 대신과 용아, 영봉, 흑신이 용해되어 공력의 형태로 있기도 하지만, 언제든지 영(靈)의 모습으로 변형시킬 수도 있다.

그의 무공이 그처럼 고강해졌기 때문에 이 정도 무공 연마로는 호흡조차 흐트러지지 않는 것이다.

한바탕 격렬하게 만절사신도의 네 가지 절학을 연마하고 났더니 허실을 그리워하는 마음 때문에 어지러워졌던 마음이 어느덧 많이 가라앉았다.

이곳 수련실은 한정이 특별히 직접 설계를 하고 또 무공 연마를 하는 데 있어서 필요한 모든 무기들과 물품들을 세세하게 준비해 놓았다.

넓은 수련실 한쪽에는 목욕실과 수면실, 밀폐된 연공실 등이 갖추어져 있었다.

용비는 바닥에서 두 자 높이의 둥근 석대에 걸터앉아서 물끄러미 맞은편 벽을 쳐다보았다.

지금까지 이런 적이 거의 없었는데 지금은 어쩐 일인지 그

동안의 일들이 차례차례 빠르게 주마등처럼 뇌리를 스쳐 지나갔다.

예전의 그는 천추문 숙객당 주방 소속의 하인보다 못한 일개 외겸인이었다.

그 당시의 그는 자신이 평생 그렇게 살거나 열심히 노력하면 그보다 조금 나은 처지가 될 수도 있을 것이라는 희망을 품고 살았었다.

그랬었는데 어느 날 소선개와 함께 광폭도의 일에 휘말렸다가 사건이 일파만파 걷잡을 수 없이 커져서 마침내 혈풍도대의 표적이 되었다.

이후 항주, 아니, 절강성 전체 방, 문파들에 쫓기는 과정에서 천추문이 멸문하는 일이 벌어졌으며, 잇달아 신룡보가 정도를 걷겠다고 선언하면서 용비와 인연이 닿으며 지금의 상황에 이르렀다.

그래서 천추문의 한낱 외겸인이었던 그가 여의신벌을 발족하여 하늘 같은 신분이었던 천추문주 한성림과 천추문 고수들을 수하로 거느리게 되었다.

뿐인가. 천추문과 함께 항주이패였던 신룡보마저 스스로 허리를 굽히고 휘하에 들어왔다.

좌청룡우백호(左靑龍右白虎) 천추문과 신룡보를 비롯하여 나부파도 전적으로 돕고 있다.

이제 여의신벌은 천 명이 훨씬 넘는 고수를 거느린 거대세력인 것이다.

기호지세(騎虎之勢). 이것은 맹렬하게 달리는 호랑이 등에 올라탄 형세다. 뛰어내렸다가는 크게 다친다. 이제는 돌이킬 수 없다.

포기하고 싶어도 그러지 못한다. 절대십천이 가만히 내버려 두지 않을 것이기 때문이다.

그리고 더 중요한 것은, 포기하고 싶은 마음 따위가 용비에게 추호도 없다는 사실이다.

작년까지만 해도 그는 자신과 모친의 생존만을 위해서 고군분투 외롭게 싸웠었다.

그러나 이제는 혼자가 아니다. 피붙이 같은 측근들이 생겼으며, 그의 명령 한마디에 목숨을 내던질 수하가 천 명이 훨씬 넘는다.

예전에는 자신과 모친만 걱정하면 됐었는데, 이제는 천 명 이상을 염려해야만 하는 신분이 되었다.

자고로 가지 많은 나무 바람 잘 날이 없다고 했다. 절대십천을 상대하기 위해서는 그들이 필요하지만, 그들 모두를 책임져야 하는 책임감을 뿌리쳐서는 안 된다.

그러나 측근들 말에 의하면, 태산의 절대십천이 보유하고 있는 자체 세력만도 만오천 명에 이른다고 한다.

거기에 천하에 널려 있는 절대십천 추종세력까지 합치면
그 수는 수십만에 달할 것이다.

현재로썬 여의신벌이 절대십천을 상대하는 것은 계란으로
바위를 치는 격이다.

그런데도 절대로 포기할 수 없다. 무슨 일이 있어도 계란으
로 바위를 깨뜨려야만 한다. 바로 그것이 용비가 해야 할 일
이다.

산류천석(山溜穿石). 산에서 한 방울씩 방울방울 떨어지는
물이 바위를 뚫는 법이다.

*   *   *

인시(새벽4시) 무렵.

항주 화봉각 내 화봉 옥연의 거처인 천봉루.

더 이상 호화로울 수 없을 정도의 침실은 은은한 불빛이 흐
르고 있다.

얇은 비단의 연분홍 휘장이 드리워진 안쪽의 커다란 침상
에서 화봉 옥연이 방만한 자세로 자고 있다.

더운 여름이라서 원래 이불은 덮지 않았으며, 그녀의 험한
잠버릇 때문에 다리를 쩍 벌린 자세에다가, 잠옷으로 입고 있
는 얇은 비단 나삼치마는 둘둘 말려서 허리까지 올라가 있는

모습이다.

그래서 눈처럼 희고 눈부신 다리와 포동포동한 허벅지. 그리고 은밀한 곳을 아슬아슬하게 가리고 있는 가느다란 끈 같은 속곳이 적나라하게 노출됐다.

뿐만 아니라 더웠는지 상의마저 가슴 위까지 걷어 올려진 상태라서 잘록한 허리와 떡잎 같은 가리개가 겨우 유두만 가리고 있는 탱글탱글 풍만한 젖가슴이 완전히 다 드러난 상태다.

"코오오… 갸르르르……."

그런 모습으로 두 팔을 위로 뻗어 만세를 부르며 자고 있으며, 더구나 빨간 입술을 반쯤 벌린 채 코를 고는데 마치 고양이가 가릉거리는 것 같은 소리가 흘러나왔다. 특이한 잠버릇이다.

득득…….

또한 옥연은 잠결에 꿈틀거리면서 손으로 자신의 배를 긁고 젖가슴을 쓰다듬었다. 그리고는 뭐가 좋은지 히죽히죽 웃으면서 또다시 코를 골았다.

항주이미의 외미인 화봉 옥연이라고는 도저히 상상이 되지 않는 볼썽사나운 모습이었다.

"캬캬아아… 갸르르르……."

코 고는 소리가 조금 전보다 더 커졌다. 그 바람에 그녀는 자신의 코 고는 소리에 놀라서 움찔 눈을 떴다.

그리고는 자신의 코 고는 소리였음을 깨닫고는 배시시 미소 지으며 다시 눈을 감았다.

아니, 눈을 감으려다가 반짝 더 크게 떴다. 침상 옆에 누군가 커다란 사람이 우뚝 서서 자신을 물끄러미 굽어보고 있는 것을 발견했기 때문이다.

그녀는 누워 있는 상태에서 꼼짝도 하지 않은 채 은밀히 공력을 최대한 끌어올려 언제라도 출수할 수 있는 준비를 갖추었다.

지금은 상대가 움직이지 않고 뻣뻣하게 서 있기만 하기 때문에 자신이 섣불리 움직였다가 상대를 격동시킬 수도 있다고 판단했다.

그녀는 단지 눈동자를 움직여서 상대가 누군지, 지금이 어떤 상황인지 재빨리 감지했으며, 머리로는 어떻게 대처해야 하는지 방법을 궁리했다.

방금 전까지 코를 골면서 형편없는 모습으로 자고 있었다고는 믿어지지 않는 냉철한 판단력이다.

'용비?'

그러나 그녀는 곧 온몸의 맥이 탁 풀리면서 동시에 의아한 표정을 지었다.

침상 옆에 장승처럼 우두커니 서 있는 사람이 용비라는 사실을 알아보았기 때문이다.

그렇지만 그녀는 곧 다시 움찔했다. 그녀의 거처인 이곳 천봉루 전체는 호위가 말도 못할 정도로 삼엄해서 비조불입(飛鳥不入)이라고 해도 과언이 아니다.

더구나 그녀의 침실 주위에는 그녀가 특별히 키운 호위고수가 이십여 명이나 인의 장막을 치고 입구와 창, 벽까지 지키고 있다.

그들이 약속이나 한 듯이 모두 잠들어 있는 상태라면 모를까 다들 두 눈 시퍼렇게 뜨고 있을 텐데 용비가 이곳까지 잠입했다는 사실이 믿어지지 않았다.

싸우는 소리도 들리지 않았다. 들렸다면 옥연이 듣지 못했을 리가 없다.

그러므로 용비는 호위고수들 몰래 그녀의 침실 안으로 잠입한 것이 분명하다.

그러나 옥연이 알고 있는 용비는 그 정도로 고강하지 않았다. 물론 구 개월 전의 용비다.

한차례 오싹한 느낌이 옥연의 몸을 훑고 지나갔다. 하지만 그녀는 곧 냉정을 되찾았다.

용비가 자신을 해칠 리가 없다고 생각했기 때문이다. 만약 그가 독한 마음을 품었다면 그녀는 잠을 자는 중에 찍소리도 내지 못하고 죽었을 것이다.

　그래도 호들갑을 떨 수는 없다. 비록 자다가 깬 모습이지만 화봉 옥연다운 최대한의 우아한 품위를 잃지 말아야 한다고 그녀는 생각했다.

　"실례잖아요? 자는 중에 이렇게 불쑥 찾아오는 것은."

　최대한 우아한 동작으로 천천히 고개를 들면서 상체를 일으키려던 그녀는 가슴과 배, 그리고 아랫도리가 서늘한 것을 느끼고 눈동자가 아래로 향했다.

　"아!"

　제아무리 그녀가 여장부라지만 아랫도리와 배, 가슴의 맨살을 다 드러내 놓은 자신의 민망한 모습을 발견하고는 놀라지 않을 수가 없었다.

　기겁을 한 그녀는 퉁기듯이 발딱 일어나 앉으면서 두 손을 보이지 않을 정도로 빠르게 움직여서 치마와 상의를 후다닥 내려 몸을 가렸다.

　그러고 나서는 창피함과 수치스러움 때문에 잠시 동안 고개를 들지 못하고 무릎을 세워서 옹송그리고 앉은 채 꼼짝도 하지 않았다.

　사실 옥연은 후천적인 여장부다. 즉, 선천적으로는 영락없이 참한 여자인데 살아가다 보니까 필요에 의해서 후천적으로 여장부가 된 것이다.

　그렇게 하지 않으면 험한 세상을 헤쳐 나갈 수 없었으며 오늘날의 화봉이 될 수 없었을 것이다.

세상의 모든 사람들은 화봉 옥연이 강철처럼 굴강한 여장부인 줄 알고 있다.

그러나 사실은 지금 보여주고 있는 것이 조금도 꾸미지 않은 그녀의 진면목이다.

옥연은 용비가 아무런 움직임이나 말도 하지 않자 천천히 고개를 들었다.

그러면서 그녀는 빠르게 여장부 화봉으로 돌아가 위엄과 우아함을 갖춰 미소를 지었다.

"아아… 밤인데도 찌는 듯이 덥군요."

너무 더워서 자신도 모르게 잠옷을 걷어 올리고 잤다는 변명이다.

"코를 심하게 골더군."

"봤어요?"

용비의 한마디에 그녀는 즉시 무너졌다. 얼굴이 빨개져서 두 손으로 뺨을 가리며 급히 물었다.

"고양이 소리던데."

"앗!"

옥연은 화들짝 놀라 어쩔 줄 모르고 발을 동동 굴렀다.

"비겁해요! 그런 걸 몰래 보고 있었다니."

용비는 조금 전부터 옥연을 달리 보기 시작했다. 지금까지 그는 옥연을 그다지 나쁘게 보지는 않았었다. 그녀에게 많은 도움을 받았기 때문이다.

또한 그녀는 용비에게 해가 되는 행동을 한 적이 없으며 오히려 그 반대였었다.

만약 어려운 상황에서 그녀의 도움이 없었다면 지금의 용비는 없었을지도 모른다.

그렇더라도 용비는 옥연에게 사사로운 감정 같은 것을 조금도 갖고 있지 않았었다. 그래야 할 이유가 없었으며 그는 그녀 같은 도도하고 오만하며 사람을 눈 아래로 보는 성격을 좋아하지 않는다.

그런데 조금 전에 본 그녀의 무방비한 그리고 순진무구한 모습을 보고는 그녀에 대한 인식이 바뀌었다.

용비가 지금까지 봐왔던 그녀의 모습이 전부 꾸며진 거짓이었으며 지금 보고 있는 모습이 진면목이라는 사실을 알았기 때문이다.

그래서인지 그녀는 어찌 보면 허실하고 비슷한 데가 많은 듯했다.

옥연은 자신의 실추된 위엄, 즉 만들어진 모습을 되찾으려고 애썼다.

그녀는 용비 앞 침상 가장자리에 걸터앉아 다리를 모아 가지런히 아래로 뻗고 허리를 꼿꼿하게 편 자세로 예전 화봉의 목소리로 물었다.

"그런데 야심한 시각에 무슨 일이죠?"

이미 망가져 버린 화봉의 모습이지만 용비가 보기에는 그 것을 회복하려는 노력이 눈물겨웠다. 그리고 또 귀엽다는 생각마저 들었다.

"두 가지 볼일 때문에 왔다."

옥연은 용비가 자신에게 반말을 하고 있다는 것을 그제야 깨달았다.

예전에 그는 과묵하고 깐깐했지만 그녀에게 정중했으며 반말을 하지 않은 것은 물론 결례를 하지도 않았었다.

하지만 옥연은 지금 상황이 이상하게 돼버려서 그가 반말하는 것을 바로잡을 기회를 찾는 것이 쉽지 않았다.

"무슨 볼일……."

그녀는 용비를 올려보다가 그의 시선이 자신의 가슴에 고정되어 있는 것을 발견하고 움찔 놀라 급히 자신의 가슴을 내려다보았다.

"아……."

잠옷이라서 가슴이 움푹 파인 데다 조금 전에 가슴까지 말려 올라간 상의를 무리해서 세게 아래로 끌어내린 바람에 풍만한 유방이 거의 다 드러났으며 특히 한쪽 유방은 거의 밖으로 돌출되어 있는 상태였다.

물론 은은하게 연분홍색이 감도는 조그만 유두마저 드러나서 흔들거리며 수줍게 인사를 하고 있었다.

"으와앗!"

그녀는 위엄이고 나발이고 소스라치게 놀라 허둥거리며 옷을 추켜올리고는 그것으로도 모자라서 두 팔로 가슴을 감싸 안았다.

얼굴이 빨개진 그녀는 용비를 쏘아보았다.

"봤죠?"

"자고 있을 때 이미 다 봤다."

"이이……."

옥연은 화들짝 놀라는 표정을 지었다가 주먹을 움켜쥐고 용비를 무섭게 노려보았다.

휙!

"죽여 버릴 거야!"

순간 그녀는 번개같이 몸을 날리며 용비에게 공력이 실린 오른손을 뻗었다.

휘잉!

막바지에 몰린 그녀는 부끄러움과 분노를 참지 못하고 실력으로 용비를 제압하려는 방법을 선택했다.

평소에 그녀는 자신의 본 실력을 철저히 감추었으며, 어쩔 수 없이 무공을 사용해야만 하는 상황이라면 단지 절반 정도

만 사용했었다.

그런데 지금은 창졸간이고 감정이 격앙되어 있는 상태라서 부지불식간에 본 실력의 팔 할을 전개했다.

그녀의 내뻗은 오른손 주먹에서 강맹한 권풍이 소용돌이치면서 발출되었다.

소림사의 나한권(羅漢拳)이다. 소림절학은 아니지만 극성까지 익히면 주먹에서 뿜어진 권풍으로 단단한 바위에 반 뼘 깊이의 주먹자국을 새긴다는 위력을 지니고 있다. 기녀 출신이며 여자인 옥연이 소림사 독문무공을 배웠다니 있을 수 없는 일이다.

옥연은 불과 두 걸음 앞에 우뚝 서 있는 용비가 자신의 갑작스러운, 그리고 전력을 다한 급습을 절대로 피하지 못할 것이라는 생각이 번쩍 들었다.

그녀는 용비의 얼굴을 겨냥했으며 거기에 정통으로 적중되면 그의 얼굴이 짓이겨지고 말 것이다.

그래서 후회하는 마음이 생겨 급히 공격을 거두려고 했으나 이미 때가 늦었다.

위잉!

그런데 용비가 슬쩍 옆으로 어깨를 비틀자 그녀의 주먹이 그의 귓가를 살짝 스치면서 허공을 쳤다.

그것은 마치 용비는 그대로 서 있는데 옥연이 주먹을 비틀어서 빗나가게 한 것처럼 보였다.

용비의 피하는 동작이 얼마나 교묘했으면 실제 그녀도 그런 착각이 들었을 정도다. 그래서 자기가 용비를 급습한 것을 방금 후회했으면서도 잠깐 사이에 그것을 잊고 두 번째 공격을 이어갔다.

그녀는 오른손 주먹이 빗나가자 이번에는 왼손으로 후려치듯이 용비의 목을 낚아채 갔다.

쉬잇!

아미파의 십이산수(十二散手)라는 금나수법이다. 오른 주먹으로 전개한 나한권이 미처 끝나기도 전에 왼손으로 십이산수를 펼친 것이다.

그녀는 무림의 유명한 명문대파의 무공들을 두루 터득했는데, 용비에게 신룡보의 신룡경천도법이나 나부파의 무량신경을 갖고 오면 돈을 주겠다고 한 이유가 자신이 그것을 익히려는 목적이었다.

아마도 세상에서 사람의 마음보다 더 변화무쌍한 존재는 없을 터이다.

옥연은 조금 전에 자신의 부끄러운 모습을 용비에게 보인 것 때문에 당황해서 어쩔 줄 모르더니, 금방 표변해서 공격을 퍼붓고, 그것이 실패하자 이제는 반드시 그를 제압하고 말겠다는 호승지심이 불끈 솟구쳤다.

반면에 용비도 처음의 생각이 바뀌었다. 원래 그는 옥연에게 나부파에서 갖고 온 무량신경을 전해주고 또 다른 한 가지 부탁, 아니, 거래를 할 생각이었다.

천하를 놓고 한 판 크게 벌이자는, 어찌 보면 무모하기 짝이 없는 도박이라서 옥연이 그 거래에 응할 것이라는 자신은 없었다.

그런데 그녀가 이렇게 무작정 강력하게 공격으로 나오자 그는 아예 이참에 그녀를 된통 혼내서 기를 꺾어놓자는 생각이 들었다.

그 다음에 승기를 이쪽에서 쥔 상태에서 거래에 대한 얘기를 해보자는 것으로 계획을 바꾸었다.

불입호혈부득호자(不入虎穴不得虎子). 호랑이 굴에 들어가지 않고서 어찌 호랑이 새끼를 잡겠는가.

쇠스랑처럼 날카롭게 세워진 옥연의 왼손 다섯 개 손가락이 용비의 목을 향해 빠르고도 맹렬하게 그어왔다.

거기에 걸리면 철판이라고 해도 종잇장처럼 갈가리 찢어지고 말 것이다.

그러나 용비는 예전보다 월등하게 증진된 호투신박의 호보(虎步)를 전개하여 이번에도 슬쩍 고개를 뒤로 젖히며 아슬아슬하게 피했다.

바로 그 순간이 옥연에게 반격할 수 있는 절호의 기회지만 그는 아무런 행동도 취하지 않았다.

그녀가 실컷 공격을 퍼붓도록 내버려 두었다가 제풀에 지칠 때까지 두고 보자는 것이다.

그렇게 해서 그녀가 다시는 무공으로 어떻게 해보려고 덤벼드는 짓을 애당초 뿌리를 뽑으려는 생각이다.

두점방맹(杜漸防萌). 아예 싹이 나오는 것까지 막아버리려는 것이다.

옥연은 자신이 전개한 급습과 그것에 이은 두 번째 금나수법까지 빗나가자 더욱 발끈했다.

그녀는 자신의 두 번의 공격을 용비가 피했다는 생각은 하지 않았다.

용비는 멀리 물러나지 않고 그녀가 다시 공격할 수 있도록 가까운 거리를 유지했다.

속이 훤하게 비치는 나삼을 위아래로 입고 있는 그녀가 움직일 때마다 나삼 안의 늘씬하고 육감적인 몸매가 휘어지고 꿈틀거렸다.

타앗!

그녀의 세 번째 공격은 왼발이다. 두 손이 다 빗나가자 그 자세에서 번개 같이 왼발을 뒤로 꺾어서 발바닥으로 용비의 얼굴을 찍어왔다.

그 상황에서는 그 공격이 가장 이상적이다. 물론 허리가 뒤로 완전히 접혀져야만 가능한 공격이다.

또한 첫 번째 공격에서 지금 세 번째 공격을 가하기까지는 눈을 한 번 깜빡이는 찰나지간에 벌어지고 있다.

그녀는 왼발을 뒤로 꺾어서 용비의 얼굴을 공격해 가는 한편 그 여세로 허공에서 빙글 거꾸로 몸을 뒤집으며 오른발로 다음 공격을 가할 준비를 했다.

이 정도 공격이라면 천추문주나 신룡보주 정도의 고수를 이 초식쯤으로 너끈히 제압했을 것이다. 그 정도로 그녀의 공격은 빠르고 강맹했다.

슛—

용비는 이번에는 피하지 않았다. 대신 왼손으로 그녀의 발바닥을 가볍게 잡았다.

그녀의 공격을 언제까지나 무한정 받아줄 수는 없다. 가끔씩 가볍게 손을 써주면 더 빨리 지칠 것이다.

뒤로 회전하면서 다음 공격을 가하려고 했던 옥연은 왼발이 용비에게 잡혀 버리자 허공 중에서 그에게 왼발을 쭉 뻗고 오른발을 위로 들어 올린 자세로 정지하고 말았다.

깜짝 놀란 옥연은 반사적으로 용비를 쳐다보다가 그의 시선이 자신의 펄럭이는 나삼치마 속 깊은 곳을 향하고 있는 것을 발견했다.

하지만 그것은 용비가 그곳을 일부러 쳐다보려던 것이 아니라 시선을 정면으로 향하고 있었기 때문에 어쩔 수 없이 본 것이다.

하지만 대부분의 피해자들은 어떤 상황이든 자신의 피해하고 결부시키려고 하는 습성이 있다.

"파렴치한! 끝끝내!"

용비가 그녀의 발을 놓아주는 것과 동시에 그녀는 몸을 송곳처럼 팽그르르 회전했다.

그래서 그 동작으로 인해서 자신이 용비의 손에서 빠져나왔다고 착각했다.

슈슈슈슉!

회전과 동시에 두 발로 용비의 얼굴과 상체 여러 곳 급소를 매우 빠른 속도로 공격했다.

스스으으…….

용비의 두 발이 매우 느릿하게 움직이며 그녀가 순식간에 십여 차례나 퍼붓는 발 공격을 모조리 피했다.

예전 같으면 호보를 전개하여 두 발을 육안으로 보이지 않을 정도로 빠르게 움직였을 것이다.

하지만 지금은 상대의 공격이 눈에 훤하게 보이고 또 매우 느리게 공격하는 것처럼 느껴지기 때문에 구태여 그럴 필요가 없다.

바둑에서 급소에 정확하게 돌을 놓아 대마를 잡듯이 느린 동작이지만 정확하게 보법을 전개하여 한 걸음에 서너 개의 공격을 한꺼번에 피하는 것이다.

그때 방문이 열리면서 침실 밖을 지키고 있던 옥연의 호위고수들이 쏟아져 들어왔다. 실내에서 난 옥연의 외침을 들은 것이다.

"모두 나가!"

옥연은 용비를 공격하면서 날카롭게 외쳤다. 용비를 어떻게든 혼자서 제압하겠다는 욕심과 자신의 잠옷 입은 모습을 그들에게 보이고 싶지 않다는 생각이 겹쳤다.

호위고수들이 모두 나간 이후에도 옥연의 소나기 같은 공격은 계속 이어졌다.

그녀는 장풍을 발출하기도 했고, 벽에 걸려 있는 도와 검, 창을 번갈아 사용하여 무림의 유명한 여러 초식을 쏟아내기도 했다.

하지만 일각 동안 백오십여 초를 퍼부으면서도 그녀의 공격은 용비의 머리카락 한 올 건드리지 못했다.

대신 짧은 시간 동안 전력으로 백오십여 초나 퍼부은 그녀는 공력이 급속도로 소진되었다.

"하아아… 하아아……. 죽여 버리겠어……."

단지 용비를 제압해 보이겠다는 최초의 목적은 어느새 사라지고 없다.

공격을 퍼붓는 동안 초식 하나가 빗나갈 때마다 켜켜이 쌓이기 시작한 울분이 마침내 그녀의 가슴과 머릿속에 가득 들어찼다.

더 억울하고 분통이 터지는 것은, 용비가 반격을 해서 자신을 충분히 제압할 수 있는데도 불구하고 슬슬 갖고 놀았다는 사실을 깨달았기 때문이다.

그녀는 오래전에 용비가 숨을 죽이고 있는 잠룡이라는 사실을 깨달았었다.

그래서 그를 물심양면으로 돕다가 언젠가 그가 천룡이 되어 웅비하는 날 자신은 그의 등에 타서 원대한 야망을 이룰 것이라고 계획했었다.

옥연은 자신이 백오십여 초가 지날 때까지도 그의 옷자락조차 건드리지 못하고 헛고생만 하고 있는 이유가 용비가 엄청나게 고강해졌기 때문이라는 사실을 삼십여 초쯤 전개할 즈음에 깨달았었다.

그렇다면 잠룡이 마침내 천룡이 됐으므로 마땅히 기뻐해야 하는데도 인간의 감정이라는 것이 말처럼 그렇게 쉽게 뒤집어지는 것이 아니다.

용비가 판단했을 때 옥연의 무위는 그의 주위에 있는 어느 누구보다도 고강했다.

수진랑과 한정, 천추문주와 신룡보주 네 명이 합공을 해도 그녀를 당해내지 못할 정도다.

실내는 이미 난장판이 됐다. 넓은 침실이지만 옥연이 장풍을 뿜어내고 도검과 창을 휘두르며 설쳐 댔기 때문에 어느 것 하나 성한 것이 남아 있지 않았다.

"죽어버렷!"

쌔애액!

공력이 거의 고갈된 상태에서도 그녀는 지독한 살초를 펼치면서 오른손의 검을 떨쳐 여러 개의 검화를 만들어내며 날카롭게 외쳤다.

스사사사…….

눈앞에 있던 용비가 흐릿해지면서 여러 명으로 나누어지고 검화는 모조리 그의 곁을 스쳐 지나갔다. 그의 호보는 거의 절정 수준에 이르렀다.

용비는 옥연이 매우 지쳤으므로 이제 무의미한 싸움을 끝내야겠다고 생각했다.

그는 오른팔을 앞으로 쭉 뻗어 검을 앞으로 휘두르면서 상체가 앞쪽으로 쓰러지는 듯한 자세인 옥연의 하체를 향해 슬쩍 손을 저었다.

투우…….

순간 그의 손가락에서 무형의 기운이 뿜어져서 그녀의 왼쪽 무릎을 부드럽게 적중시켰다.

“아!”

순간 그녀는 왼발이 꺾이면서 자세가 무너져 기우뚱하며 곧장 앞으로 쓰러졌다.

그대로 내버려 두면 바닥에 엎어져서 볼썽사나운 꼴이 되고 말 것이다.

슥—

용비는 미끄러지듯이 앞으로 다가가며 왼팔을 뻗어 부드럽게 그녀의 허리를 감싸듯 안았다.

“하아아… 하악…….”

그녀는 마주 보는 자세로 용비에게 안겨서 눈을 동그랗게 뜨고 가쁜 숨을 몰아쉬었다.

“이거 놔라……. 죽여 버리겠어…… 학학학…….”

입으로는 죽이겠다고 하면서도 그의 품에서 빠져나올 힘조차도 없었다.

그녀는 숨이 턱에 차서 얼굴이 빨개졌으며 땀을 많이 흘려서 머리카락이 얼굴에 달라붙은 고혹적인 모습이다. 더구나 얇은 나삼 잠옷도 땀에 젖어서 몸에 찰싹 달라붙어 너무도 육감적인 몸매가 고스란히 드러났다.

용비가 팔로 허리를 안고 있는 바람에 그녀는 허리와 하체를 그의 하체에 밀착시키고 있지만 상체는 약간 뒤로 젖혀서 붉어진 얼굴에 복잡한 표정을 가득 떠올린 채 그를 올려다보았다.

키가 크고 체격이 좋은 용비에게 안겨 있는 늘씬하고 가녀린 체구의 그녀의 모습은 용비 뒤쪽에서 보면 하나도 보이지 않았다.

"하아… 하아……."

그녀가 숨을 몰아쉴 때마다 젖가슴이 오르락내리락 부풀었으며 가슴의 골을 타고 땀방울이 흘러내렸다.

그녀는 용비가 굽어보고 있는 것을 의식하면서도 그대로 내버려 두었다. 더 이상 손가락 하나 까딱할 힘조차 남아 있지 않은 상태였다.

설혹 있다고 해도 용비에게 제압된 것이나 마찬가지인 이런 상황에서 대체 무얼 어쩌겠는가. 그 어떤 방법으로도 그를 제압하거나 어떻게 해볼 수 없다는 사실을 절실하게 깨달은 지금 상황에서 말이다.

그녀는 무서운 눈빛으로 용비를 쏘아보았고, 용비는 담담한 표정으로 굽어보았다.

오래지 않아서 그녀의 눈빛이 차츰 약해지더니 이윽고 시선을 거두었다.

"하아아… 완패예요."

그녀는 패배를 인정하면서 이마를 용비의 가슴에 댔다. 그러자 그녀의 부드럽고 푹신한 가슴을 통해서 심장이 마구 요동치는 것이 전해졌다.

그녀는 온순한 여자가 되었지만 그것은 용비로서도 처음 대하는 모습이다.

지금 그녀의 모습은 위엄이 있지도 않고 순진무구하지도 않으며 암고양이처럼 사납지도 않았다.

사실 그녀로서도 지금처럼 복잡하고 미묘한 감정 상태는 처음 겪어보는 것이다.

누군가에게 그것도 사내에게 자신의 알몸이나 다름이 없는 모습을 보이고, 또 당황해서 허둥지둥하는 순진한 꼴을 보였으며, 전력을 다해서 공격을 퍼부었지만 결국은 완패를 당하고 만 이런 경험이 여태껏 한 번도 없었기 때문이다.

그러므로 이런 모습이나 기분을 느끼는 것도 처음이고 남에게 보이는 것도 처음일 수밖에 없다.

그녀는 짧은 시간 동안이지만 용비에게 자신이 지니고 있는 성격과 진면목을 여과 없이 다 내보였다.

그녀가 뜻한 바는 아니었으나 일이 순식간에 변화무쌍하게 그리 돼버렸다.

상황이 이쯤 되면 무너지지 않을 여자란 존재하지 않는다. 지금까지 그녀는 자신을 진심으로 굴복시키는 사람을 남녀를 불문하고 한 명도 만난 적이 없었다.

그녀가 겪었던 사람들은 모두 그녀의 발아래에 있었다. 무공으로든 돈이든 세 치 혓바닥이든 모두 그녀가 마음대로 요리할 수 있는 사람들이었다.

그런데 오늘 임자를 제대로 만난 것이다. 언젠가는 자신을 굴복시키는 사내가 나타날지도 모른다는 생각을 했었지만 그 사람이 용비일 줄은 추호도 예상하지 못했었다. 그는 단지 이용물이었을 뿐이다.

여자는 사내에게 한 번 무너지면 완전히 무너진다. 몸을 주어도 그리되지만 이것은 그보다 더 심한 상황이다. 그리고 그 다음에는 그 사내에게 의지하게 된다. 그것이 여자의 생리이고 자연의 순리다.

아니, 자신보다 더 강한 존재에게 의지하려는 것은 모든 피조물들의 공통된 심리다.

호흡이 어느 정도 가라앉자 그녀는 이마를 용비의 가슴에 대고 속삭였다.

"무공이 언제 이렇게 고강해진 거죠?"

단순히 묻는 것만이 아니다. 물으면서 코 먹은 목소리를 냈는데 그것은 굴복과 복종의 표시이기도 했다. 물론 일부러 그런 것이 아니다.

맹수들도 싸움에서 지면 꼬리를 말고 몸을 납작하게 만들어서 최대한 굴종의 자세를 취한다. 인간도 그와 다를 바가 없다.

옥연은 자신을 꺾은 상대에게 마음으로부터 자연스레 그런 반응이 나왔다. 여북하면 그런 목소리에 그녀 자신도 깜짝 놀랐겠는가.

반면에 용비는 그녀의 정수리를 굽어보면서 묘한 기분을 맛보고 있었다.

자신의 무공으로 완벽하게 발아래에 굴복시킨 여자는 옥연이 처음이다.

그리고 그 여자가 지금 복종의 몸짓을 하고 있다. 그것이 용비의 마음을 약간 설레게 만들었다.

그의 가슴속에서 정복자의 흐뭇함이 꿈틀거렸다. 순전히 욕정 때문에 취한 수진랑과 영혼으로 사랑하여 취했던 허실하고는 또 다른 정복자의 의기양양함 같은 것을 옥연에게 느끼고 있었다.

"그렇게 보이느냐?"

말도 그냥 반말이 아니다. 어른이 아이를 대하는 듯 아래를 내려다보는 말투가 되었다.

"네. 엄청 고강해졌어요."

옥연은 용비가 그러는 것이 당연하다는 듯했다. 그녀는 아직도 작게 할딱거리면서 가슴을 두근거리며 뜨거운 숨결을 용비의 턱밑에 뿜어댔다.

슥……

갑자기 용비의 손이 옥연의 허리에서 조금 아래로 미끄러졌다. 정복자로서 전리품을 챙기고 싶은 마음이 조금 생겼기 때문이다.

만약 그가 여자의 몸을 알지 못했다면 이런 행동을 서슴없이 하지는 않았을 것이다.

여자를 전혀 모르는 것과 알고 있다는 것은 남자의 행동에 큰 작용을 미치는 것 같았다.

그의 커다란 손이 옥연의 탱탱하고 풍만한, 그러면서 아담한 둔부를 슬며시 쓰다듬었다.

순간 그녀의 몸이 움찔했다. 하지만 그의 손을 뿌리치거나 그의 몸에서 떨어져 나오지는 않았다. 단지 몸이 단단하게 경직되어 가만히 있었다.

전혀 이질적인 느낌이 둔부에서 민감하게 느껴졌으나 좋지도 싫지도 않은 느낌이었다. 정복자가 패배자를 다독거리는 그 정도의 감흥일 뿐이다.

용비는 그녀의 둔부를 쓰다듬다가 손을 다시 그녀의 허리로 올렸다.

이 정도면 됐다고 생각했다. 그녀를 사랑하지도 않으면서 취하려는 마음은 조금도 없다.

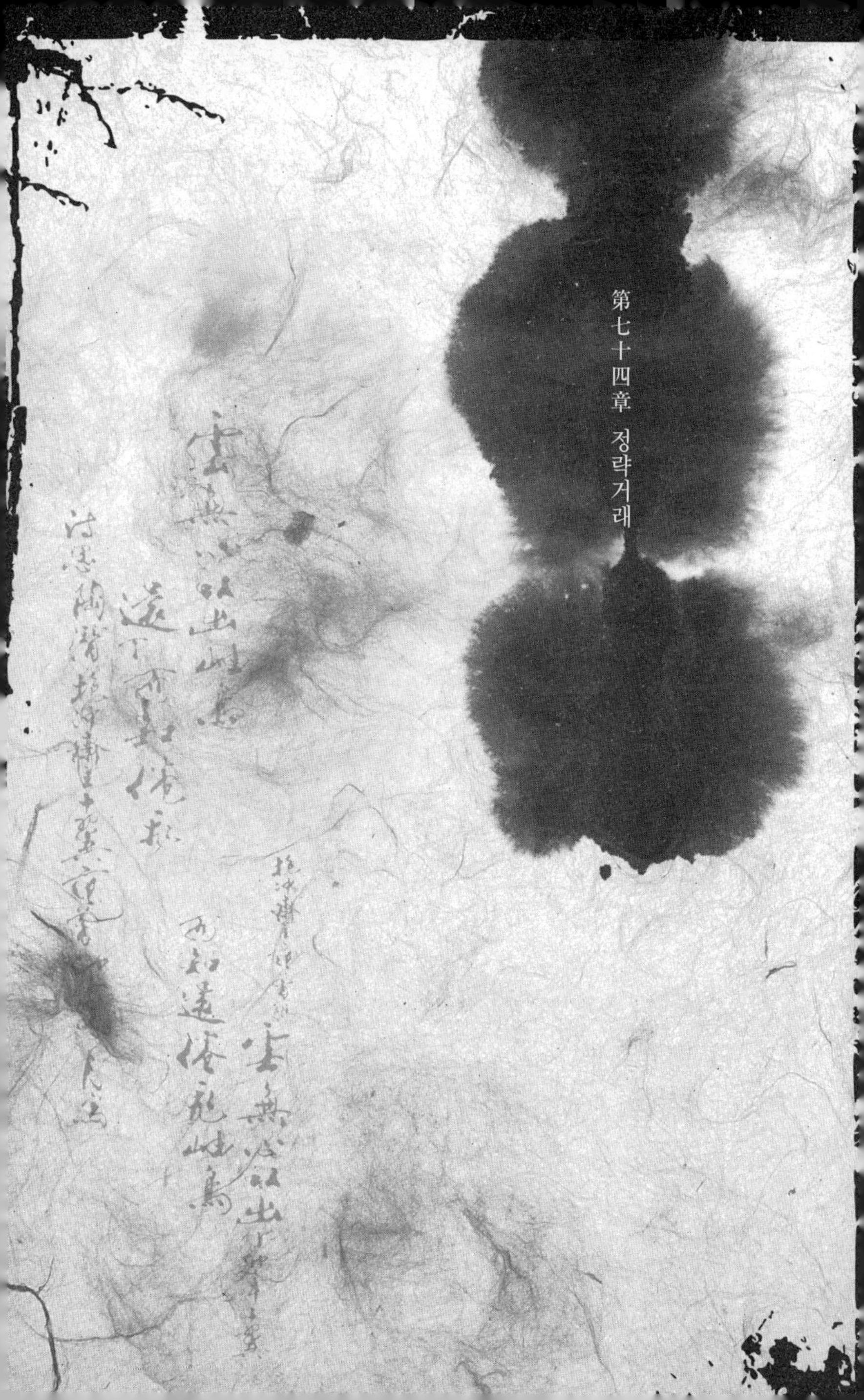

第七十四章 정략거래

툭······.

용비는 탁자 맞은편에 앉은 옥연 앞에 한 권의 책자를 가볍
게 던지듯이 내려놓았다.

옥연은 제목이 적혀 있지 않은 책자를 힐끗 보고는 다시 시
선을 용비에게 주었다.

"뭔가요?"

대수롭지 않은 듯한 목소리로 미루어 책자에는 거의 관심
이 없는 듯했다.

하긴 바로 조금 전에 한바탕 난리가 끝났으며, 완패로 인해

서 용비에게 완전히 퍽석 엎어져 버린 그녀인지라 염불에는 관심이 없고 젯밥에만 온 신경이 다 쏠려 있었다.

즉, 용비에게 몸도 마음도 깡그리 굴복해 버린 상황이기 때문에 다음에는 무슨 일이 일어날까 궁금하고 또 긴장하고 있는 것이다.

그녀는 용비가 나부파에 갔었던 도중에 무슨 일이 벌어졌었는지 화봉각에 앉아서도 훤하게 알고 있었다.

화봉각 내에 정보와 소문을 수집하고 분석하는 조직이 따로 있기 때문이다.

그러나 그녀가 알고 있는 것은 용비가 한 명의 소녀와 함께 나부파로 향했으며, 그 도중에 변천주의 추격을 받아 추격대와 크게 싸웠다는 식의 외면적인 것들뿐이다.

용비가 와룡후와 싸웠던 일이나 허실의 정체. 그녀가 절대십천으로 끌려간 것. 와룡후가 불에 타고 용비가 낭떠러지에서 추락한 등에 대해서는 전혀 아는 바가 없다. 그런 일들은 매우 은밀하게 벌어졌었기 때문이다.

그렇다고 해도 총명한 그녀는 조금 전에 용비가 보여준 놀라운 무위와, 그가 무려 구 개월 만에 돌아왔다는 사실이 반드시 어떤 연관이 있을 것이라고 추측했다.

원래 그녀는 예전에도 용비가 전개하는 기이하고도 놀라운 무공에 대해서 관심이 매우 많았었다.

그래서 심복수하인 총기주 군영에게 용비의 무공에 대해서 조사하라고 특별히 지시를 내렸으나 지금까지 아무런 소득이 없었다.

"무량신경이다."

용비는 책자를 턱으로 가리키며 중얼거렸다.

"아……."

그녀는 그토록 원하던 무량신경이 눈앞에 놓여 있자 놀랍고도 기쁜 탄성을 흘리며 책자를 바라보았다.

사실 그녀는 용비가 나부파에서 무량신경을 가져올 것이라고 절반도 기대하지 않았었다.

용비가 제아무리 뛰어나도 명문대파인 나부파에서 비급을 가져오는 일은 절대로 불가능한 일이기 때문이다.

그런데 그는 옥연의 예상을 비웃기라도 하듯 보란 듯이 성공했다.

옥연으로서는 그저 놀라울 따름이다. 무량신경을 가져온 것이나 그의 무공이 구 개월 만에 엄청난 수준으로 증진됐다는 것 모두 눈으로 보면서도 믿어지지 않았다.

그녀는 오히려 용비가 무량신경을 얻지 못할 것이라는 쪽에 더 많은 비중을 두고 있었다. 그래서 그 다음 상황까지도 계획하고 있었다.

용비는 무량신경을 갖다 주는 것을 조건으로 많은 돈을 빌려갔었다.

그러므로 무량신경을 갖고 오지 못하면 그 돈은 고스란히 빚으로 남게 된다.

그러면 그 빚을 빌미로 용비의 숨통을 죄어서 그녀의 수하로 만들 생각이었다.

한데 지금 이 상황은 그를 수하로 만들기는커녕 그녀가 외려 그에게 심신으로 굴복한 상황이 돼버렸다.

옥연은 용비를 말끄러미 바라보면서 이참에 아예 그를 자신의 남자로 만들어서 곁에 두는 것도 좋은 방법일 것 같다고 생각했다.

그럴 수만 있다면 천군만마를 얻는 것이다. 지금까지 그녀는 총기주 군영을 최고의 심복으로 여겼었는데 용비를 얻으면 군영하고는 비교도 되지 않을 것이다.

용비를 동반자나 배우자로 삼아도 될 터이다. 지금까지 겪은 바에 의하면 그는 옥연의 남편으로서 추호의 손색이 없는 사내다.

중요한 것은 그가 무엇을 원하고 있느냐는 것이다. 맨입으로 그를 부려먹을 수는 없지 않은가. 그러니 마땅한 미끼를 던져야 할 것이다.

지금까지 살펴보고 또 조사한 바에 의하면 그는 회계산이나 천태산 근처의 모처에 기반을 마련하고 그곳에 멸문한 천추문을 비롯한 여러 종류의 사람들을 끌어모아 세력을 키우고 있는 것 같았다.

그러나 그의 목적이 정확하게 무엇인지, 어떤 사람들을 끌어모았는지는 알 수가 없다.

그가 절대십천에 적대적인 것만은 분명하지만 설마 절대십천을 상대로 싸우리라고는 상상도 하지 않았다. 단지 살아남기 위한 자구책을 강구하고 있는 정도로만 생각했다.

"수고했어요."

옥연은 화사하게 미소 지으며 책자를 들었다가 그냥 내려놓았다.

그녀는 이제 자신의 제안을 용비에게 말할 생각이다. 그러기 위해서 머릿속으로 어떻게 말을 꺼내고 또 어떤 조건을 제시하는 것이 좋을지 정리했다.

"나하고 거래를 하자."

그런데 용비가 불쑥 말했다.

옥연은 눈을 동그랗게 떴다.

"무슨 거래요?"

"내 밑으로 들어와라."

"……"

옥연은 기가 막힌다는 표정을 지었다. 용비를 동반자 혹은 배우자로 끌어들이려고 생각하던 참이었으니까 당연히 그런 생각이 들었다.

탁!

옥연은 손바닥으로 탁자를 내려쳤다. 그러면서 벌떡 일어나려고 했지만 인내심을 발휘하여 꼿꼿하게 앉은 채 그를 주시했다.

그가 생각도 없이 함부로 말하는 사람이 아닌 것을 알기에 대체 무슨 속셈인지 들어나 보자는 생각이다.

"당신 수하가 되라는 건가요?"

"그렇다."

옥연의 얼굴에 기도 안 찬다는 표정이 떠올랐다가 금세 사라졌다.

기이한 일이다. 용비의 얼토당토않은 말을 듣자 흥분됐던 그녀의 마음이 차분해졌다.

"그게 가능할 거라고 생각해요?"

"네가 똑똑하다면."

말하자면 옥연이 바보라면 용비의 말을 거절할 것이라는 뜻이다.

그녀는 말할 것도 없이 당연히 거절할 생각이므로 고로 그녀는 바보가 되는 것이다.

그녀는 욱! 했으나 용비가 밑도 끝도 없이 그런 요구를 했을 리 없다는 생각이 들었다.

"나를 이해시켜 봐요."

"너에겐 야망이 있지?"

"……."

용비의 물음에 옥연은 다시 말문이 막혔다. 그녀는 지금 자신의 표정이 어쩌면 쇠꼬챙이에 찔린 물고기의 그것하고 비슷할 것이라는 생각이 들었다.

용비 말대로 그녀는 하나의 크나큰 야망을 품고 있지만 구체적으로 무엇을 어떻게 할 것이며 장차 무엇이 되겠다고 정해놓지는 않았다.

그녀는 찢어지게 가난한 집안에서 태어나 철이 들기도 전에 가난이 무엇이라는 것을 온몸으로 뼈저리게 경험하면서 자랐었다.

그러다가 그녀가 십사 세 때 부모는 은자 백 냥을 받고 어린 딸을 기루에 팔았다.

그렇게 해서 기녀의 길을 걷게 된 그녀는 자연스럽게 돈에 대해서 저주와 한을 품게 되었다.

지금 그녀가 품고 있는 야망은 천하최고최대의 부자가 되는 것이다.

단순하면서도 가난에 몸서리를 쳐야 했던 그녀가 품게 된 당연한 야망이기도 했다.

현재 그녀는 주제할 수 없을 정도로 부자지만 천하로 치면

열 손가락 순위에도 들지 못한다.

그 정도로 천하는 크고 넓으며 항주에서 떵떵거리고 있는 그녀라는 존재는 하찮은 것이다.

용비는 그녀의 대답을 기다리지 않았다.

"네가 원하는 것이 무엇이든 이루게 해주겠다."

처음에 옥연은 용비의 말에 어이없다는 생각이 들었으나 얘기가 길어질수록 의문이 생겼다.

용비가 실없는 말을 하는 사람이 아니라는 사실을 잘 알고 있기 때문이다.

옥연은 용비의 제안에 코웃음을 치면서 일언지하에 거절할 생각이었으나 지금은 진지한 마음이 되었다.

자신도 모르는 사이에 그의 알 수 없는 자신감에 편승하고 있었다. 이것은 위험하다는 이성보다는 믿고 싶다는 감성이 앞섰다.

"내가 원하는 것이 무엇이든?"

"그렇다."

용비에게는 사람을 끌어들이는 마력 같은 것이 있다는 것을 느끼면서 그녀는 조용히 중얼거렸다.

"나는… 천하제일의 거부가 되고 싶어요."

"그렇게 만들어주겠다."

용비는 생각할 것도 없다는 듯 대답했다. 대개 이런 식으로 말하는 자들은 사기꾼이다.

"……."

옥연은 세 번째로 할 말을 잃었다.

용비는 그녀의 말을 기다리지 않고 새로운 제안을 했다.

"나하고 같은 배를 타자. 목적지까지 무사히 도착하면 너의 야망을 이루어주겠다. 그러나 도중에 배가 침몰할 수도 있다. 그럼 같이 죽는 것이다."

보통 상대를 끌어들이려고 어떤 제안을 하는 쪽은 상대를 설득하려고 될 수 있는 대로 불리한 말을 하지 않는 법인데 용비는 거침없었다.

그것이 오히려 옥연의 마음을 움직였다. 구밀복검(口蜜腹劍). 달콤한 말로 유혹하면서 뱃속에는 칼을 감추고 있는 것보다 솔직한 편이 오히려 마음이 끌렸다. 그러면 진흙탕인 줄 알면서도 끌려 들어가게 된다.

"그 배의 목적지가 어디죠?"

"절대십천의 괴멸."

"……."

옥연은 눈을 동그랗게 뜨며 또다시 할 말을 잃었다. 용비가 절대십천을 괴멸시키기만 한다면야 옥연을 천하제일의 거부로 만들어주는 것은 문제가 없다.

용비는 혼자서 술잔을 기울이고 있다.

이미 동이 터서 실내에는 부윰한 여명이 흐르고 있으며, 탁자에는 용비와 옥연이 마주 앉아 있다.

옥연의 명으로 하녀들이 급히 술상을 봐왔고, 용비는 혼자서 반 시진째 술을 마시고 있다.

옥연은 그의 빈 잔에 술을 따라주기도 하고 일어나서 이리저리 걷기도 하면서 내내 생각에 잠겼다.

용비는 마지막으로 '절대십천의 괴멸'이라는 말을 하고는 한마디도 하지 않았다.

옥연을 설득하려 들지도 않아서 아예 주객전도, 입장이 바뀐 듯한 분위기였다.

옥연은 천하제일의 거부가 되기 위한 구체적인 계획을 세우지는 않았으나, 천하제일의 거부가 된 이후에 어떻게 할 것인지에 대해서는 계획이 있다.

옛날 그녀의 집안처럼 찢어지게 가난한 사람들을 구할 것이다. 천하에는 잘사는 사람보다는 못사는 사람들이 절대다수를 차지하고 있다.

그녀는 그들을 그냥 도와주는 것이 아니라 가난에서 건져내서 잘 살아갈 수 있도록 길을 마련하여 근본적으로 구해주려는 것이다.

예로부터 가난은 나라에서도 구하지 못한다고 했거늘 그

녀는 그것에 도전하려는 것이다.

그러나 지금 그녀가 거부라고는 하지만 그 돈으로는 몇 천 명도 가난에서 구하지 못할 터이다.

그리고 얼마 못 가서 돈 항아리가 바닥을 드러내고 말 것이다. 그래서 천하제일의 거부가 되려는 것이다. 그래서 아무리 퍼내도 영원히 마르지 않는 돈 항아리, 아니, 돈 창고를 갖고 싶은 것이다.

지금 이런 상태라면 그녀는 영원히 천하제일거부가 되지 못할 것이다.

그녀는 화봉각 외에 여러 사업을 하고 있지만 그것 가지고 천하제일의 거부가 될 수는 없다.

만에 하나 된다고 해도 수십 년은 족히 걸릴 터이다. 그때 가 되면 그녀는 죽을 날이 얼마 남지 않은 노파가 되어 있을 것이다.

옥연은 느릿한 동작으로 술을 마시고 있는 용비를 물끄러미 주시했다.

지금 그녀가 고민하는 이유는 '절대십천의 괴멸'이라고 말한 사람이 다른 누구도 아닌 용비이기 때문이다.

그녀는 용비를 잠룡이라고 알아보았었다. 또한 그가 언젠 가는 천룡이 될 것이라고 내다보았다.

만약 그녀의 눈이 정확하다면 절대십천을 괴멸시키려는

그의 목적이 불가능하지만은 않다. 하지만 여전히 가능보다
는 불가능 쪽이 무겁다.

옥연은 용비에게 절대십천을 괴멸시킬 계획이 무엇이냐고
도, 자신이 있느냐고도 묻지 않았다.

그런 것은 부질없는 질문이기 때문이다. 천룡에게는 범인
들이 알지 못하는 천룡의 계획이 있는 법이다.

그러나 옥연은 봉(鳳)이라는 별호를 사용하고 있지만 아직
봉황은 아니다.

그녀가 봉황이라면 용비의 계획을 알아차렸을 것이다. 아
니, 그의 손을 빌리지도 않고 천하제일의 거부가 될 수 있을
터이다.

용비는 광동성 남구룡을 떠나 여의신벌로 돌아오는 도중
에 앞일에 대해서 궁리하다가 화봉 옥연과 손을 잡아야겠다
는 생각을 했었다.

여의신벌의 목적은 간단명료하다. 절대십천을 괴멸시키는
것이다. 그러자면 지금보다 몇 십 배나 더 많은 세력을 규합
해야 한다.

그러자면 당연히 돈이 든다. 세력이 불어나면 불어나는 것
이상으로 돈이 들게 될 것이다.

모르긴 해도 지금 여의신벌이 소비하고 있는 자금의 몇 십
배가 더 소요될 터이다.

그런데 여의상운이 운송으로 벌어들이는 돈에는 한계가 있을 수밖에 없다.

여의신벌의 세력이 불어나는 속도를 여의상운이 따라가지 못할 것이라는 얘기다.

사람이 자꾸 모여들게 되면 가장 기본적으로 소요되는 것이 돈이라는 것은 두말하면 입만 아프다. 먹고 자고 입으며 무기를 구입하거나 녹봉을 지급해야 하는 것 등 모든 것에 그리고 움직이는 것에 돈이 든다. 돈이 드는 정도가 아니라 처발라야 한다.

그래서 옥연이 필요한 것이다. 그녀가 자금을 대주기만 하면 여의신벌은 아무런 걱정 없이 절대십천을 상대하는 것에만 집중할 수 있다.

"절대십천의 모든 재물과 상권을 갖고 싶어요."

이윽고 옥연은 반 시진 만에 조용하면서도 착 가라앉은 목소리로 말문을 열었다.

용비는 술잔을 쥐고 있다가 가볍게 고개를 끄떡이고는 단숨에 마셨다.

그가 거래타결을 축하하는 의미로 빈 잔을 내밀자 옥연은 조용히 받았다. 그러나 그가 술을 따라주려고 하자 빈 잔을 거두었다.

"이제 내 조건을 말할 차례군요."

“뭐냐?”

“나는 누군가의 수하가 되는 것이 싫어요. 당신도 예외는 아니에요.”

“내 상전이 되고 싶은 건가?”

“깔깔깔! 억만금을 주고서라도 그렇게 되고 싶은데 그럴 수는 없겠죠?”

옥연은 목젖이 보이도록 명랑하게 웃음을 터뜨리고 나서 차분하게 말을 이었다.

“당신의 아내가 되고 싶어요.”

용비는 움찔하며 그녀를 쳐다보았다. 그로서는 전혀 예상하지 못했던 조건이다.

용비가 어이없는 듯한 얼굴로 쳐다보자 그녀는 생글생글 미소를 지으며 마주 바라보았다.

“설마 사랑 없이 어떻게 부부가 될 수 있느냐는 식의 어린애 같은 생각을 하는 것은 아니겠죠?”

용비는 졸지에 어린애가 될 뻔했다. 그런 생각을 하고 있었기 때문이다.

그는 지난 역사를 통해서 무수히 많은 사람들이 어떤 목적 때문에 아니면 피치 못할 사연이나 주위의 강압에 못 이겨서 혼인을 했다는 이른바 정략혼인에 대해서 고서에서 두루 읽어 잘 알고 있다.

그렇게 혼인을 한 부부들이 대부분 목적을 이루었다는 기록이 있기는 하지만, 그들이 행복했는지에 대해서는 아는 바가 없다.

'사랑 없는 부부……'

용비는 불현듯 수진랑이 떠올랐다. 왜 갑자기 그녀가 생각났는지는 모르겠다.

단지 '사랑 없는 부부' 라는 말에 반사적으로 그녀가 떠올랐을 뿐이다.

그래서 그는 처음으로 자신과 그녀에 대해서 생각해 보았다. 지금은 그런 생각을 할 때가 아니라는 사실도 잊은 채 자신이 그녀를 사랑하는가. 또는 그녀가 자신을 사랑하고 있는가를 곰곰이 더듬어보았다.

결론은 자신이 수진랑을 사랑하고 있다고 판단했다. 허실만큼은 아니지만 그녀를 사랑하고 있는 것이 분명하다.

또한 순전히 사랑만으로 따진다면 수진랑보다는 한정을 조금 더 사랑한다.

단지 한정하고는 부부지연을 맺지 않았을 뿐이다. 그러므로 용비에겐 수진랑과 한정이 비슷한 비중을 차지한다고 할 수 있다.

그런 식으로 생각하면 만약 그가 한정하고 부부지연을 맺는다면 수진랑보다 좀 더 사랑하는 사이가 될 터이다.

용비는 수진랑하고의 정사가 생애 최초였으며 그때 동정을 바친 것이다.

물론 사랑해서 동정을 바친 것이 아니었다. 무공서를 해독해달라는 수진랑이 돈 대신 자신의 순결을 대가로 바치는 과정에서 용비도 동정을 잃었다.

그 이후 수진랑하고 가끔 정사를 가졌으나 그 역시 사랑하기 때문이 아니었다.

서호 변 갈대숲에서 서로 순결과 동정을 나눈 적이 있었기 때문에 그 후에도 자연스럽게 육체적으로 서로를 원했었던 것 같았다.

그리고 그것이 거듭되다 보니까 어느덧 용비는 그녀를 사랑하고 있는 자신을 발견했다. 처음에는 사랑하는 사이가 아니었으나 살을 부대끼면서 부부지연을 맺다 보니까 사랑으로 발전했다는 얘기다.

그런 의미로 보면 옥연하고 부부가 되는 것도 전혀 불가능한 일은 아닐 듯하다.

살면서 나중에 사랑이 생기면 다행이고 생겨나지 않아도 그만이다.

어차피 정략적으로 맺어진 관계니까 큰 기대는 할 필요도 없고 책임은 더더욱 없다.

옥연도 거기까지 생각하고 있을 것이다. 그러면서도 용비의 아내가 되겠다는 조건을 내걸었다.

용비는 옥연처럼 오랫동안 생각하지 않았다.

"시간을 다오."

그는 쥐고 있던 술잔을 입에 털어 넣고 일어섰다.

문 쪽으로 걸어가는데 그의 갑작스런 행동에 적잖이 당황한 옥연은 우두커니 서 있을 뿐이다.

서호 변의 화봉각을 나선 용비는 항주 성밖 서쪽에서 남쪽으로 외곽을 돌아서 전당강을 향해 호주를 전개하여 나는 듯이 쏘아가고 있었다.

한정의 말에 의하면 항주 인근에는 여전히 절대십천에서 보낸 고수들이 항주사세를 동원하여 삼엄한 조사와 수색을 병행하고 있다고 했다.

물론 그들의 목적은 용비를 찾아내는 것이다. 그가 광동성에서 자취를 감추었으나 언젠가는 다시 항주로 돌아올 것이라 믿고 있는 것 같다고 했다.

여의신벌은 항주에 주둔하고 있는 절대십천 세력이나 그들의 움직임에 대해서 자세히 알고 있지는 못했다.

한창 건설 중인 여의신벌 공사에 전력을 다하고 있으며, 또한 여의신벌의 존재가 바깥에 알려지지 않게 하려고 비밀유지에 온 힘을 쏟고 있기 때문에 바깥의 동정을 살필 여력이 없는 것이다.

용비는 옥연과의 일이 어떤 식으로든 일단락되면 그 다음에 항주의 절대십천 세력들을 처리할 생각이다.

그의 머릿속에는 몇 가지 계획들이 세워져 있다. 그 첫 번째가 옥연을 여의신벌에 끌어들여서 자금 압박에서 자유로워지는 것이다.

그녀가 얼마나 부자인지는 정확하게 모른다. 다만 강남에서 다섯 손가락 안에 꼽히는 거부 정도로만 알고 있으며 그 정도면 충분하다.

만약 모자라는 부분이 발생하면 여의상운이 메울 것이고, 또한 여의상운은 다른 영역으로도 계속 상세(商勢)를 넓혀나갈 것이다.

두 번째 계획은 항주, 그리고 절강성 전체의 무림을 장악하는 것이다.

절대십천을 괴멸시키려고 지금 당장 쳐들어가서 싸움을 거는 일은 무모하기 짝이 없다.

묘창해지일속(渺滄海之一粟). 드넓고 푸른 바다에 한 알의 좁쌀 같은 존재가 바로 현재의 여의신벌이다.

그러므로 우선은 세력을 키워야 한다. 그렇다고 해서 절강성의 무림인들과 방, 문파들을 모두 여의신벌로 만들 필요는 없다.

여의신벌은 최정예로 키우고 절강무림은 자체로써 튼튼한 창과 방패로 만들 계획이다. 즉, 여의신벌과 절강무림을 따로 운영하는 것이다.

그 일은 항주에 주둔하는 절대십천 세력들이 눈치채지 못하도록 매우 은밀하게 진행해야 한다.

만약 절대십천이 그 일을 알아버리면 말짱 황이다. 절강성 무림인들과 방, 문파들을 설득하고 포섭하는 것도 어려운 판국에 절대십천이 개입하게 되면 그 순간 무조건 손을 떼야만 한다.

절강무림을 완전히 장악한 이후에 항주에 들어와 있는 절대십천 고수들을 요리할 것이다.

아니면 그들이 그리 큰 위험이 되지 않는다는 판단이 서면 그냥 내버려 둘 수도 있다.

언제라도 그들을 처치할 수 있으므로 그냥 놔두면서 바보로 만들어 버리는 것이다.

그들을 처치하는 것과 내버려 두는 것에는 큰 차이가 있다. 전자를 실행하면 여의신벌이 절강무림을 장악했다는 사실을 절대십천이 알게 될 것이고, 후자는 절대십천이 그 사실을 모르고 있다는 것이다.

이른 아침의 숲속에는 사람의 모습이 한 명도 보이지 않았으며 공기는 무척 상쾌했다.

그는 약간의 공력으로 호오감의 호이(虎耳)와 호안(虎眼)을 전개하면서 쏘아가고 있기 때문에 최소한 주위 수백 장 이내의 기척을 낱낱이 감지할 수 있다.

숲은 그리 울창하지 않았다. 구불구불한 소나무들이 듬성듬성 솟아 있는 숲속을 한줄기 바람처럼 질주하던 용비는 어느 순간 뭔가를 감지하고 약간 속도를 늦추었다.

슬쩍 오른쪽을 쳐다보니 드문드문 서 있는 소나무 사이로 저 멀리에 몇 명인가 사람들의 모습이 보였고 그들의 목소리가 두런두런 들려왔다.

거리는 대략 이백오십여 장쯤 될 듯했다. 그 정도 거리면 절정고수가 아니면 저쪽에서 용비를 발견할 수도 기척을 감지할 수도 없을 터이다.

용비는 잠시 신형을 멈추고 안력을 돋우어 그쪽 방향을 자세히 살펴보았다.

지금 그가 보고 있는 곳은 항주의 유명한 명승지인 뇌봉탑(雷峯塔)으로 가는 방향이다.

하지만 지금 용비의 신경을 자극하고 있는 것은 예전에 저쪽 어딘가 개방 항주분타의 토지묘가 위치해 있었다는 사실 때문이다.

개방 항주분타는 오래전에 혈풍도대에 의해서 분타주 일척붕개 이하 모든 개방제자들이 떼죽음을 당한 것으로 용비는 알고 있다.

그런데 지금 항주분타가 있던 토지묘 부근에 사람들의 모습이 보이는 것이다.

스사아…….

어느새 용비는 그곳으로 쏘아가고 있었다. 그의 몸이 비스듬히 날아오르더니 지상에서 칠팔 장 높이의 소나무 가지를 딛고 한 번에 십오륙 장 이상 날아갔다.

호비(虎飛)다. 그는 광동성 남구릉에서 동굴에 들어가기 전보다 월등하게 발전했다.

산뜻한 흑의경장을 입고 있는 그의 그런 모습은 마치 한 마리 거대한 독수리가 비행을 하는 것 같았다.

잠깐 사이에 그는 토지묘 부근 상공까지 이르러 한 그루 높은 노송의 나뭇가지에 소리 없이 내려섰다.

아래를 내려다본 그는 가볍게 어이없는 표정을 지었다. 예전에 봤던 개방 항주분타의 모습이나 다름이 없는 광경이 그곳에 펼쳐져 있었기 때문이다.

토지묘 밖에는 수십 명의 거지, 즉 한눈에도 개방제자라는 사실을 알아볼 수 있는 사람들이 각자 제 할 일을 하면서 부지런히 오가고 있었다.

그들이 하는 일은 토지묘와 예전에 개방제자들이 거처로 사용했던 주변의 움막 등을 고치거나 아침식사를 준비하는 것이었다.

그런데 용비는 그들 중에서 낯익은 얼굴을 한 명도 발견하지 못했다.

그는 예전 개방 항주분타의 개방제자들 얼굴을 거의 다 알고 있었다. 그렇다는 것은 그들 전부가 새로 이곳에 왔다는 사실이다.

하긴 예전 항주분타 개방제자들은 소선개를 제외하곤 모두 죽었으니 그들이 이곳에 있다면 귀신이 분명하다.

아마 개방에서 공백상태인 항주분타를 재건하기 위해서 새로 개방제자들을 보낸 것 같았다.

예전 개방 항주분타가 절대십천의 혈풍도대에게 떼죽음당했다는 사실을 개방에서는 알고 있는지 모르는지 알 수가 없다.

알고 있다면 이렇게 버젓이 다시 항주분타를 재건하는 일은 쉽지 않을 텐데 말이다.

용비는 개방제자들이 분주하게 움직이는 것을 굽어보면서 문득 소선개가 생각났다.

소선개는 결우당의 일을 하고 있는 것 같지만 존재감이 거의 없다.

예전의 그는 수다스러울 정도로 말이 많고 또 싱글벙글 잘 웃어서 소선개라는 별호를 얻었는데, 지금은 벙어리라고 오해할 정도로 말이 없어졌으며 얼굴에서는 흐릿한 미소조차도 찾아보기 어려울 정도가 되었다.

용비는 그동안 그에게 전혀 신경을 쓰지 못한 것에 대해서 미안한 생각이 들었다.

여의신벌로 돌아가면 그와 술이라도 한잔하면서 대화를 해봐야겠다고 생각했다.

용비가 이제 그만 이곳을 떠야겠다고 생각할 때 토지묘 안에서 두 명의 거지가 천천히 걸어 나왔다.

용비의 시선이 그들에게 향했다. 그런데 처음 보는 얼굴들이다. 한 명은 육십여 세쯤 됐고 다른 한 명은 사십여 세인데 용비의 시선은 육십여 세 거지가 입고 있는 누더기 옷에 고정되었다.

그의 누더기 옷은 일곱 조각을 덧대서 꿰매 입은 것이다. 즉, 칠결제자(七結弟子)라는 뜻이다.

개방 최고 신분인 용두방주(龍頭幇主)가 구결(九結)이고 용두방주의 제자이며 개방의 후계자로 지정된 거지가 팔결(八結), 그리고 칠결은 장로(長老)다. 토지묘에서 개방의 장로가 나온 것이다.

옆의 사십대 거지는 오결(五結)이며 분타주급이다. 아마 그가 새로운 항주분타주인 것 같았다.

개방의 장로가 항주에 직접 왔다는 것은 개방이 항주분타를 중요시한다는 증거다.

그리고 예전 항주분타가 혈풍도대에게 떼죽음 당했다는 사실을 모르고 있는 것이 분명했다.

알았다면 장로가 직접 항주에 내려와서 조사하는 따위의 일은 없었을 것이다. 그것은 절대십천에 대한 명백한 도전이기 때문이다.

용비는 장로의 얼굴을 주시했다. 그는 얼굴이 얼기설기 얽은 문불사(蚊不死:곰보)의 모습에 큼직한 코와 두툼한 입술을 지닌 마치 두꺼비 같은 모습이다.

하지만 눈빛이 매우 맑고 은은한 정기가 흐르는 것으로 미루어 그의 성품이 교활하지 않으며 올곧고 강직하다는 것을 알 수가 있다.

용비는 개방장로에게 예전 항주분타의 괴멸에 대해서 사실대로 말해줄 것인지에 대해서 잠시 망설이다가 곧 결정을 내렸다.

개방장로 철장신개(鐵掌神丏)의 긴 눈썹으로 반쯤 덮인 눈이 가볍게 흔들렸다.

누군가에게 그에게 전음입밀을 보내고 있기 때문이다. 전음을 듣고 난 그는 잠시 느긋한 동작으로 주위를 둘러보다가 옆에 있는 오결제자 새로운 항주분타주에게 잠시 다녀오겠다는 말을 남기고 번쩍 신형을 날렸다.

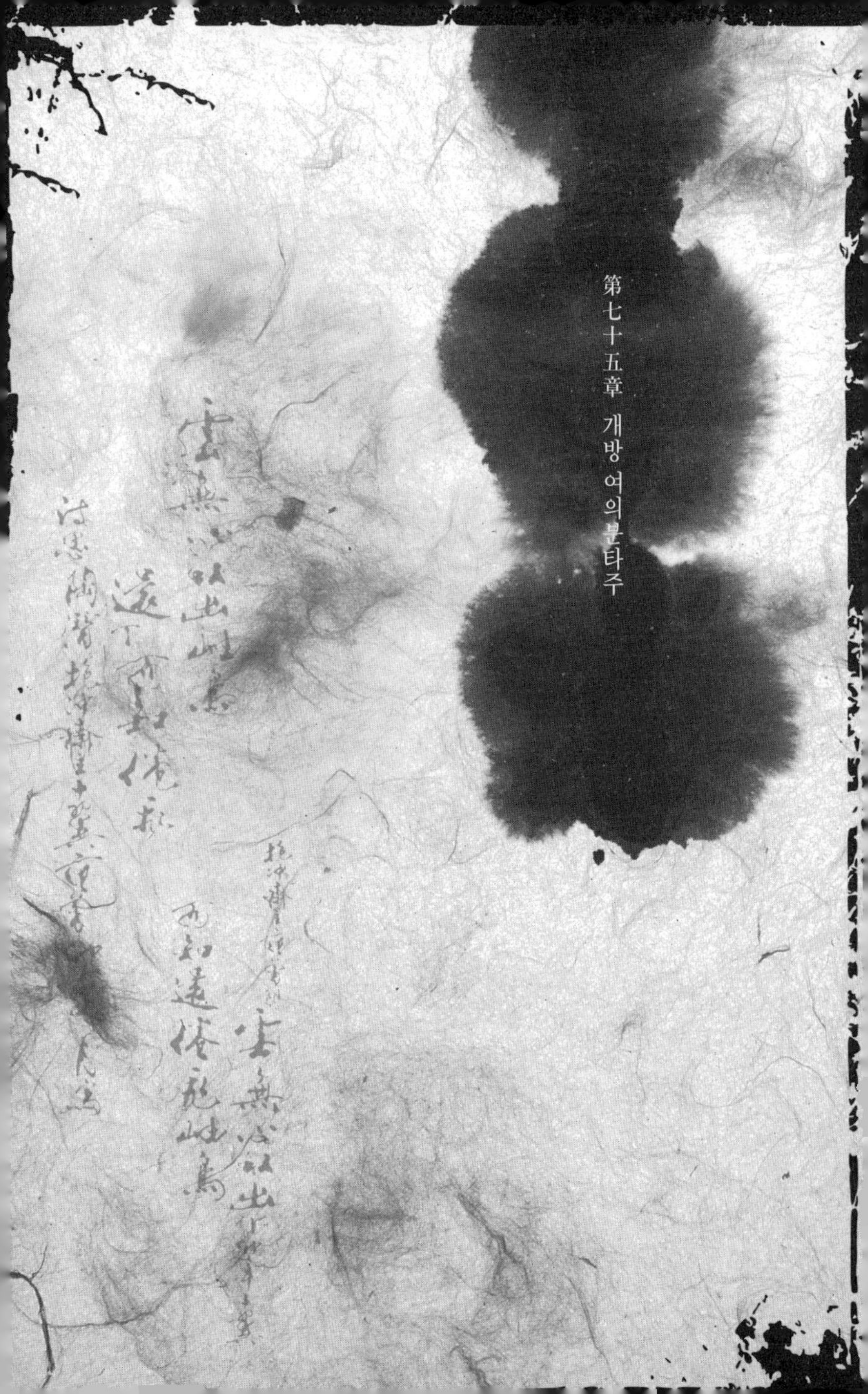

第七十五章 개방 여의 분타주

　　철장신개는 토지묘에서 남서쪽으로 삼 리 정도 떨어진 나
무 그루터기에 앉아 있는 한 명의 흑의청년을 발견하고 그에
게 다가갔다.

　　그는 흑의청년이 허리를 꼿꼿하게 편 단정한 자세로 자신
을 조용히 바라보고 있는 것을 보고 약간 마음이 흔들렸다.
한눈에 범상하지 않다는 것을 간파했으며 그가 자신을 불러
낸 것이라고 짐작했다.

　　흑의청년은 이십 세 전후로 보였으며 매우 준수한 용모에
호수처럼 맑은 눈빛을 지녔다.

　그래서 철장신개는 단지 눈빛만으로 그가 권모술수 따위를 모르는 정직한 성품일 것이라고 짐작했다.

　철장신개는 흑의청년 용비의 세 걸음 앞에 멈추었다.

　"소형제가 노개를 부른 겐가?"

　"그렇소."

　짧은 문답이 오고간 후에 철장신개는 또 하나 새로운 사실을 깨달았다.

　흑의청년이 비단 정직한 성품일 뿐 아니라 상당히 높은 무공의 소유자일 것이라고 짐작했다.

　앉아 있는 자세로 봐도 그렇고 몸에서 아무런 기도도 뿜어지지 않는 것이 더욱 그런 생각을 들게 했다. 흑의청년은 무림인이 분명할 텐데 그런 경지에 이르렀다면 절정고수라야만 가능한 일이다.

　더욱이 상대가 이제 겨우 약관의 청년이기 때문에 쉽게 믿어지지 않는 일이다.

　흑의청년은 철장신개의 신분을 알고 있는 듯했다. 개방의 장로 면전에서도 전혀 흔들림이 없는 청년이라면 무위만이 아니라 수양도 매우 깊은 것이 분명했다.

　"노개에게 할 말이 있나?"

　"항주에 무엇하러 오셨소?"

　용비는 철장신개의 질문을 다시 질문으로 답했다.

“본 방의 예전 항주분타가 증발한 사건을 조사하러 왔네.”

철장신개는 숨기지 않고 솔직하게 대답했다. 그다지 숨길 만한 일도 아닐 뿐더러 항주분타의 증발에 대해서 아무런 단서도 찾지 못한 상황이라서 지푸라기라도 잡으려는 심정이기 때문이었다.

“그것에 대해서 알고 싶다면 말씀해 드리겠소.”

용비의 조용한 말에 철장신개는 내심 적잖이 놀랐다. 자신이 항주에 온 지 보름 동안 그토록 조사를 했어도 실낱같은 단서조차 찾지 못했었는데 가만히 서서 미궁에 빠진 사건을 해결하게 되었기 때문이다. 물론 흑의청년의 말이 사실이라면 말이다.

“말해주게.”

그러나 그는 조급하게 굴지 않고 여전히 담담한 기색을 잃지 않으면서 점잖게 요구했다. 마치 지나가는 과객이 술 한 잔 달라는 듯 태연한 요구였다.

용비는 흥분하지 않는 철장신개의 초연함이 마음에 들었다.

“혈풍도대의 유혼도라는 자가 일척붕개 이하 개방제자를 모두 죽였소.”

용비는 그렇게 서두를 꺼내고는 그 당시의 상황에 대해서 간략하지만 자세히 설명해 주었다.

설명을 듣는 처음부터 끝까지 철장신개는 담담한 표정을
유지했다.

그러나 사실 내심으로는 적잖이 놀랐으나 겉으로 드러내
지 않았을 뿐이다.

그는 절대십천이 항주에 많은 고수들을 내려보낸 이유를
잘 알고 있다.

또한 천추문의 멸문과 신룡보가 통째로 잠적한 것에 절대
십천이 깊이 개입되었을 것이라고 짐작하고 있다.

그러면서 아마도 그 일에 개방 항주분타가 연관되어 있지
않았을까 추리했었다.

그래서 그것 때문에 항주분타가 증발한 것이 아닌가 하고
조심스럽게 유추하기도 했었다.

그런데 뜻밖에도 용비의 말에 의하면, 개방 항주분타는 분
타주 이하 다섯 명의 조장이 온갖 나쁜 짓을 일삼으면서 돈을
긁어모았고, 그 과정에 개방제자들이 만능서생 용비에 대해
서 알게 되어 그것 때문에 혈풍도대 제팔조장 유혼도에게 떼
죽음을 당했다는 내용이었다.

철장신개는 뚫어지게 용비를 주시했다.

"그게 사실인가?"

그렇게 물었으나 그는 용비의 말이 사실일 것이라고 생각
하고 있었다.

우선 용비는 자신이 직접 본 것처럼 자세하게 설명했으며, 앞뒤 정황이 요철(凹凸)처럼 이김없이 딱 들어맞았다. 또한 그의 표정이나 목소리의 억양으로 미루어 거짓말을 하는 것이라고는 생각하지 않았다.

"유혼도를 잡아와서 그의 입을 통해 직접 듣고 싶소?"

용비의 말에 철장신개는 약간 어이없는 표정을 지었다. 용비가 유혼도를 마치 동네 개 한 마리를 잡아오는 것처럼 간단하게 말했기 때문이다.

하지만 철장신개는 어쩌면 이 흑의청년이라면 정말 그럴 만한 능력이 있을지도 모른다고 생각했다.

"믿겠네."

뜻밖에 큰 수확을 얻은 철장신개는 가볍게 고개를 끄떡였다. 그는 항주분타가 혈풍도대에게 몰살당했다는 사실에 놀랐으나 그보다도 용비가 바로 만능서생일 것이라는 확신 때문에 더 놀라고 있는 중이다.

만능서생 용비의 전신(傳神:초상화)은 절대십천 사람이라면 누구나 지니고 다니는 터라서 개방의 장로인 철장신개가 보지 못했을 리가 없다.

조금 전에 용비를 처음 봤을 때는 그를 알아보지 못했었는데 개방 항주분타의 몰살에 얽힌 설명을 듣고 나니까 자연히 그가 누군지 알게 되었다.

철장신개는 눈앞의 청년이 당금 무림을 떠들썩하게 만든 만능서생이라는 사실에 적잖이 놀랐다.

그러나 그가 철장신개 자신의 앞에 태연하게 나타나서 항주분타에 대한 이야기를 해줬다는 사실에 더 놀라고 또 감탄해 마지않았다.

생강은 늙을수록 매운 법이다. 철장신개는 경거망동하지 않고 물이 높은 곳에서 낮은 곳으로 흐르는 것처럼 순리에 맡기기로 했다.

"이런 얘기를 노개에게 해주는 이유가 뭔가?"

"개방이 사실을 알고 나서 과연 어떻게 처신을 할지 궁금하기 때문이오."

철장신개의 물음에 용비는 지나칠 정도로 솔직했다.

철장신개의 얼굴에 처음으로 변화가 생겼다. 씁쓸한 표정이 떠오른 것이다.

그가 항주분타의 일을 방주에게 보고하면 어떤 결과가 기다리고 있을지 짐작하기 때문이다.

그가 알고 있는 방주는 훌륭한 인물이다. 하지만 개방을 지켜야 하는 사명이 있기 때문에 절대로 절대십천을 상대로 모험을 하지 않을 것이다.

단지 솟구치는 원한만 가슴속에 꾹꾹 누르면서 참고 있을 것이 분명했다.

"십중팔구 개방은 절대십천을 상대로 아무것도 하지 않을 걸세."

철장신개는 자조적인 엷은 미소를 지으며 대답했다. 이것 역시 솔직한 대답이다.

"개방은 절대십천에 대해서 어떻게 생각하고 있소?"

용비가 불쑥불쑥 아무렇지도 않게 던지는 듯한 말은 철장신개의 가슴을 흔들어놓기에 충분했다.

철장신개는 절대십천을 천하의 독소라고 생각한다. 하지만 그런 속내를 아무에게도 내비친 적이 없었다.

행동이 따라주지 않는 말뿐이라는 것이 얼마나 공허한지 잘 알고 있기 때문이다. 그래서 그 공허한 대답을 용비에게 하고 싶지 않았다.

용비는 철장신개가 대답을 하지 않자 즉시 일어나서 몸을 돌려 걸어갔다.

철장신개에게 더 이상 볼일이 없기 때문이다. 그가 자신의 심경을 솔직하게 털어놓고 또 절대십천에 적대적이라면 서로 도울 수도 있을 것이라고 생각했었는데 말이 통하지 않으니까 떠나려는 것이다.

철장신개는 용비의 갑작스런 행동에 마음이 조급해졌다. 만능서생이라고 짐작되는 이 청년을 이대로 보내면 안 될 것 같다는 직감 때문이다.

"자넨 절대십천을 어떻게 생각하나?"

"사라져야 할 악의 무리요."

그가 용비의 등에 대고 묻자 거침없는 대답이 돌아왔다.

"자넨 만절기황하고 어떤 관계인가?"

철장신개는 내처 계속 물었다. 만능서생이 만절사신도를 지니고 있기 때문에 절대십천에 쫓긴다는 소문을 믿고 던진 질문이다.

"만절기황은 나의 사부님이시오."

"……"

철장신개가 만면에 경악을 떠올릴 때 용비는 삼십여 장 밖을 걸어가고 있었다.

철장신개는 그가 단지 두어 걸음 내딛는 것을 봤을 뿐인데 순식간에 삼십여 장 밖에서 걸어가고 있는 것이다.

방금의 질문으로 철장신개는 두 가지 사실을 확인했다. 눈앞의 흑의청년이 만능서생이라는 것과 그가 고금제일인 만절기황의 전인이라는 사실을 말이다.

"잠깐 기다리게! 할 말이 있네!"

철장신개는 다급히 외치면서 신형을 날렸지만 그와 동시에 눈앞에서 용비의 모습이 감쪽같이 사라졌다.

철장신개는 어리둥절한 표정을 지었다. 그는 자신 같은 고수의 눈앞에서 유령처럼 종적을 감출 수 있는 사람이 있다는 사실을 믿지 않았다.

그러나 전방과 좌우를 아무리 둘러보고 청력을 돋우어도 용비의 모습은커녕 아무런 기척도 감지하지 못했다.

철장신개는 장종비적(藏縱秘迹) 흔적도 없이 사라져 버린 용비가 실제 인물이 아니라 잠시 헛것을 본 것 같은 기분마저 들었다.

"말해보시오."

"허엇?"

그때 느닷없이 등 뒤에서 나직한 목소리가 들리자 철장신개는 화들짝 놀라 부지중 외침을 터뜨렸다.

그는 너무 놀란 나머지 그 목소리가 용비일 것이라고 생각할 겨를도 없이 번개같이 옆으로 몸을 날리면서 뒤를 향해 일장을 발출했다.

유독 그만이 아니라 대부분의 고수들이 이런 상황에서는 똑같은 반응을 보일 것이다.

쉬아앙!

개방절학 중에 하나인 진천장(震天掌)이 강한 쉿소리를 내면서 허공을 떨어 울리며 발출되었다.

오늘날 그의 별호인 철장신개를 있게 한 철장(鐵掌)은 진천장을 극성으로 익혀서 단단한 쇠에 반 뼘 깊이의 손바닥 자국을 새기는 위력을 발휘하기 때문이다.

순간 철장신개는 흠칫했다. 이 장 전면에 우뚝 서 있는 용비를 발견한 것이다.

방금 등 뒤에서 말한 사람은 용비였다. 그런데 그를 향해 전력으로 진천장을 발출한 것이다.

그러나 회수하기에는 이미 늦었다. 장력은 용비의 코앞까지 쇄도하고 있는 중이다.

더구나 용비는 피할 생각조차 하지 않고 반격할 생각은 더욱 하지 않는 것처럼 우뚝 서 있을 뿐이다.

그때 철장신개는 용비가 왼손을 앞으로 내밀어 가볍게 손목을 젖히는 것을 발견했다.

꽈릉!

"흐앗!"

엄청난 폭음이 터지는 것과 동시에 철장신개는 오른팔이 부러지고 가슴에 쇠망치를 얻어맞은 듯한 충격을 느끼며 뒤쪽 허공으로 붕 날아갔다.

투다닥……

"으으……"

그는 오륙 장이나 날아갔다가 풀밭에 내동댕이쳐져서 데굴데굴 구른 후에 벌떡 일어섰다.

그런데 희한하게도 아픈 곳이 한 군데도 없었다. 방금 전에 오른팔이 부러질 뻔했던 고통도 가슴에 묵직한 충격을 받았던 것도 말끔하게 사라졌다. 격돌하는 순간에만 그런 고통을 느낀 것 같았다.

그때 오류 장 전면에 서 있던 용비가 마치 환영을 보는 것처럼 스르르 순식간에 철장신개 앞에 나타났다.

"할 말이 무엇이오?"

철장신개는 방금 용비와의 격돌에서 여러 가지 사실을 깨달았다.

그가 만절기황의 전인이 틀림없다는 사실과, 그가 마음만 먹으면 언제든지 철장신개를 죽일 수 있다는 것, 그리고 그에게 절대십천을 상대할 능력이 충분하다는 사실 등이다.

철장신개는 눈앞에 서 있는 사내가 태산처럼 거대하게 느껴져서 자신도 모르게 정중한 말투가 됐다.

"우리 얘기 좀 하세."

*　　　*　　　*

어젯밤 늦게 여의신벌로 돌아온 소선개는 깊은 잠에 빠져서 깨어날 줄 몰랐다.

결우당은 이번에도 성공적으로 크게 한 건 끝마치고 은자 십오만 냥의 수입을 올렸다.

현도는 그 돈에서 결우당의 몫으로 만 냥을 뗐다. 그 돈은 결우당 동료들에게 골고루 배분될 것이다. 그리고 날이 밝으면 십사만 냥은 한정에게 줄 것이다. 지금까지 결우당은 수입의 대부분을 한정에게 주었다. 여의신벌에 조금이라도 보탬이 되기 위해서다.

결우전 일 층 구석방이 소선개의 거처다. 결우당의 다른 동료들은 넓고 좋은 방을 사용하지만 소선개는 굳이 마다하고 이곳 좁고 음습한 구석방을 사용하고 있다.

개방 항주분타가 유혼도에게 괴멸하고 철저히 혼자 버려진 소선개는 이후 말과 웃음을 잃었으며 스스로를 자학하는 버릇이 생겼다.

항주분타의 괴멸이 어느 정도는 자기 탓이라고 생각하고 있기 때문이다.

창틈으로 흐릿한 빛이 스며들고 있는 실내. 소선개가 웅크린 채 자고 있는 침상 아래 구석에는 누군가 또 한 사람이 쪼그린 채 웅크리고 있다.

무릎을 모아서 두 팔로 한껏 당긴 자세로 무릎에 뺨을 묻은 채 자고 있는 사람은 다름 아닌 조오다.

혈풍도대 제팔조 소속 홍일점이었던 그녀는 용비에게 제압되어 소선개에게 주어졌으며, 그에게 갖은 고초를 다 겪고서도 끝내 살아남았다.

끼이…….

무덤 속처럼 고요한 실내에 듣기 거북한 소리가 흐르며 문이 벌컥 열렸다.

"선개, 일어나라. 용비가 부른다."

안으로 들어선 수진랑은 침상으로 성큼성큼 걸어가서 카랑카랑하게 소리쳤다.

"음……."

그러나 옷을 입은 채 잠에 취한 소선개는 꿈틀거리기만 할 뿐 깨어나지 못했다.

쿵!

"오냐. 이대로 끌고 갈 테니까 너는 계속 자라."

수진랑은 그의 뒷덜미를 잡고 침상 아래로 끌어내려서는 문 밖으로 질질 끌고 나갔다.

구석의 조오는 벌떡 일어나 무표정한 얼굴로 물끄러미 그 광경을 지켜보다가 공손히 허리를 굽혔다. 다녀오라는 인사인 것이다.

그녀의 창백한 얼굴에는 여기저기 흉터가 새겨져 있으며 눈빛은 흐리멍덩했다.

철장신개는 용비를 따라서 와관 여의신벌에 도착한 이후 연이어서 계속 벌어지는 놀라운 일 때문에 정신을 차리지 못하고 있었다.

우선 이런 산골짜기에 이처럼 엄청난 규모의 대전각군이 감추어져 있다는 사실에 경악을 금치 못했다.

또한 그곳에 수많은 고수와 무사들이 득실거리고 있다는 것, 그리고 용비가 이곳의 최고 우두머리라는 사실 등을 알고는 너무 놀라서 말이 나오지 않았다. 보고 듣는 모든 것이 그저 놀라운 일들뿐이었다.

지금 철장신개는 용비와 단둘이 식탁에 마주 앉아서 식사를 하고 있다.

개방 항주분타에서 아침식사를 하기도 전에 출발하여 이곳에 도착한 시각은 정오 무렵이었다.

용비는 여러 사람들을 물리치고 철장신개와 단둘이 점심식사를 하기를 원했다.

소선개를 불렀기 때문이다. 용비는 소선개와 철장신개가 누구의 개입도 없이 만나면 좋겠다고 생각했다. 모르긴 해도 매우 감격적인 만남이 될 것 같았다.

용비는 식사를 하는 동안 철장신개에게 여의신벌에 대해서 설명했다.

철장신개는 식탁에 미주가효가 그득 차려져 있지만 용비가 설명을 할 때마다 놀라느라 젓가락질을 할 생각을 하지 못했다.

"자네 정말 절대십천과 싸울 생각이로군."

“그렇소.”

설명을 다 듣고 난 철장신개는 놀라움을 진정시키려고 애쓰면서 물었다.

“개방이 자넬 돕기를 원하는 겐가?”

그는 용비가 자신에게 접근하고 또 이곳까지 데리고 온 목적이 그것이라고 생각했다.

“그래서 장로를 이곳으로 데려온 것이오.”

“하지만 본 방은 표면적으로는 자넬 도울 수 없네.”

그 말은 표면적으로는 절대십천을 적대시할 수 없으며 암중으로 은밀하게 도울 수 있다는 뜻이다.

“우리가 필요한 것은 절대십천에 대한 정보와 조사니까 그쪽으로 도와주면 되오.”

“방주와 상의해 보겠네.”

그는 많이 조심스러워했다. 천하를 논하는 자리가 아닌가.

“단지 자칫 이화구화(以火救火)가 되지 않을지 그게 매우 염려스럽네.”

이화구화. 불로써 불을 구한다. 즉, 도움을 주려고 하다가 오히려 더 큰 피해를 입히게 된다는 뜻이다. 철장신개는 그것을 염려하고 있었다.

그런데도 용비는 태연했다.

“누가 불을 다루느냐가 중요하지 않겠소?”

그의 말이 백 번 옳다. 불은 그저 불일 뿐이다. 좋은 곳에 쓰면 좋은 불이며, 나쁜 일에 쓰면 나쁜 불이다.

철장신개는 용비가 자신을 여의신벌까지 데리고 왔다는 사실에 적잖이 감동을 했다. 그가 보기에 이곳은 극도로 비밀을 요하는 곳이기 때문이다.

철장신개는 조용히 식사를 하고 있는 용비를 물끄러미 바라보았다.

그는 만능서생에 대한 소문을 익히 들어서 알고 있다. 아니, 절대십천이 잡으려고 혈안이 되어 있는 만능서생에 관심이 많아서 항주에 와 있는 보름 동안 그에 대해서 나름대로 열심히 조사를 하고 알아보았었다.

그것에 의하면 만능서생은 원래 항주의 패자 천추문의 일개 외겸인 출신이었다고 한다.

철장신개는 불과 일 년여 전에 일개 외겸인이었던 소년이 지금 눈앞에 앉아 있는 만능서생이라는 사실에 놀라움을 넘어 경외심마저 느껴졌다.

그때 용비는 철장신개 뒤쪽에서 들어서고 있는 소선개를 발견하고 미소를 지으며 손짓으로 불렀다.

"어서 와라, 선개."

소선개는 언제나 그런 것처럼 화난 듯 뚱한 얼굴로 들어오다가 무심코 철장신개 뒷모습을 쳐다보았다.

"……."

순간 그는 움찔 놀라며 그 자리에 멈춰 섰다. 아직 철장신개의 얼굴을 보지는 못했지만 그가 입고 있는 개방제자 특유의 결의(結衣)를 보는 즉시 개방제자라는 사실을 깨달았기 때문이다.

소선개의 얼굴이 일그러졌다. 불과 몇 달 만에 다시 보는 결의인데도 감개무량해서 절로 눈물이 핑 돌았다.

그때 용비의 말을 듣고 철장신개가 소선개 쪽을 천천히 돌아보았다.

"아……."

소선개는 철장신개를 보는 순간 날카로운 창에 심장을 찔린 것 같은 표정을 지었다.

칠결을 입었다는 것과 지긋한 나이라는 것밖에는 보지 못했지만 그가 누구라는 것을 단번에 알아보았다.

개방에는 칠결장로가 세 명뿐이다. 그리고 이렇게 생긴 장로가 철장신개라는 사실은 누가 가르쳐 주지 않아도 개방제자들은 다 알 수 있다.

한 번도 철장신개를 본 적은 없지만 개방제자라면 방주와 장로 이하 간부급 얼굴을 숙지하고 있어야만 한다.

"자… 장로님…… 어흐흑!"

소선개는 감정이 북받쳐서 울음을 터뜨리며 그 자리에 무릎을 꿇고 이마를 바닥에 댔다.

철장신개는 물론 소선개를 모른다. 하지만 황의경장을 입고 있는 청년이 자신을 보자마자 격동하여 울음을 터뜨리며 무릎을 꿇자 필경 그가 개방제자이며 무슨 사연이 있을 것이라고 짐작했다.

용비는 개방 항주분타의 괴멸에 대해서 설명하는 과정에 소선개에 대해서 언급하기는 했지만 그가 살아 있으며 여의신벌에 있다는 말은 하지 않았었다.

철장신개는 부복한 채 서럽게 오열하는 소선개를 굽어보다가 조용히 물었다.

"너는 개방제자냐?"

"그렇습니다……. 제자는 항주분타 조장 소선개입니다. 철장로님을 뵈옵니다……."

철장신개는 '소선개'라는 말에 가볍게 표정이 변해 용비를 쳐다보았다.

용비가 담담히 미소 지으며 고개를 끄떡이자 철장신개는 대충 어떻게 된 일인지 짐작했다.

그는 항주분타의 유일한 생존자인 소선개의 어깨를 친히 잡아 일으켜주었다.

"일어나라."

일어나서 어쩔 줄 모르고 있는 소선개에게 용비가 미소 지으며 권했다.

"선개, 앉아라. 함께 식사하자."

"무슨 소린가? 어찌 철장로님과 동석을 할 수 있겠는가?"

소선개는 화들짝 놀라서 펄쩍 뛰었다.

용비는 빙그레 미소 지었다.

"철장로님께는 까마득한 개방제자일지 모르지만 자넨 내 친구가 아닌가."

철장신개는 비로소 소선개가 용비의 친구라는 사실을 알게 되었다.

개방의 일개 조장인 소선개가 당금 무림에서 가장 유명한 신성(新星)으로 부상하고 있는 만능서생의 친구라는 사실에 철장신개는 놀라움과 흐뭇함을 느꼈다.

"앉아라. 같이 밥 먹자."

철장신개가 친히 이끌자 소선개는 뿌리치지 못하고 용비와 철장신개 사이에 조심스레 앉았다.

소선개는 밥이 코로 들어가는지 입으로 들어가는지도 모르면서 꾸역꾸역 식사를 했다. 그는 식사를 하는 내내 눈물을 그치지 못했다.

소선개는 자신의 거처로 돌아왔다. 그는 개방 항주분타가 괴멸한 이후 오늘처럼 기분이 좋은 날은 한 번도 없었다. 마치 다시 태어난 것만 같은 기분이다.

철장신개는 개방 항주분타가 혈풍도대에게 떼죽음당한 것이 소선개의 탓이 아니라고 위로해 주었다.

용비가 자세하게 설명을 했다는 것이다. 그로써 소선개는 오랫동안 지고 있던 고통스런 멍에를 벗었다.

이렇게 간단하게 풀리는 일을 그는 가슴에 멍울처럼 부여안고 그토록 오랫동안 전전긍긍하며 자학했던 것이다.

또한 철장신개는 소선개에게 새로운 임무를 맡겼다. 여의신벌과 개방의 연락책 역할을 하라는 것이다. 그것 덕분에 소선개는 신바람이 났다.

그것은 개방과 여의신벌 그리고 더 나아가서 무림을 위하여 매우 중요한 임무이기 때문에 일호차착(一毫差錯)의 실수도 있어서는 안 된다고 철장신개는 거듭 강조했었다.

소선개가 새로 부여받은 지위는 개방 여의분타주다. 소선개를 위해서 새로운 지위를 만들었다.

또한 철장신개는 뛰어난 개방제자 열 명을 소선개의 수하로 보내주겠다고 약속했다.

그로 인해 소선개는 마치 새로운 생명을 부여받고 부활한 것 같은 기분이 들었다.

자신의 방으로 돌아온 소선개는 방구석에 웅크리고 앉아 있다가 깜짝 놀라 벌떡 일어서는 조오를 쳐다보았다.

그녀는 오랫동안 웅크리고 있다가 갑자기 일어서는 바람에 다리가 저려서 벽을 붙잡고 비틀거렸다.

조오는 십일 개월 전에 용비에게 제압되어 소선개에게 산 채로 주어졌었다.

소선개는 개방 항주분타가 괴멸한 것에 대한 분풀이를 조오에게 실컷 퍼부었다.

사실 그녀는 항주분타가 괴멸되기 전에 용비에게 제압됐기 때문에 그것에는 일말의 책임도 없다.

단지 그녀가 혈풍도대 제팔조원이라는 사실 때문에 분풀이 대상이 된 것이다.

소선개는 속에서 폭발할 것 같은, 터뜨리지 않으면 자신이 터져 버릴 것 같은 분노를 조오에게 모조리 퍼부었다. 그러지 않았으면 그 자신이 울화가 치밀어서 죽었거나 미쳐 버렸을 것이다.

소선개는 조오의 무공을 폐지했으며 평범한 사람보다 더 허약해진 그녀를 곁에 두고 지금까지도 계속 학대하고 있는 중이다.

현재의 조오는 소선개의 종 같은 신세다. 그녀는 소선개에게 온갖 학대를 당하면서도 그의 수발을 하나에서 열까지 다 들어준다.

그러면서 그가 이따금 화를 내면서 때릴 때는 반항하지 않고 고스란히 다 맞는다. 아니, 무공이 폐지됐기 때문에 반항조차 할 수가 없다.

그뿐이 아니다. 소선개는 조오를 흠씬 두들겨 패고 나서는 꼭 그녀를 짓밟았다.

짓이겨지고 피멍이 들고 피투성이가 된 그녀를 발가벗기고는 강간을 한 것이다.

조오는 올해 삼십삼 세로 이십육 세인 소선개보다 일곱 살이나 연상이다.

하지만 그런 것은 아무런 문제가 되지 못했다. 여자 나이 삼십삼 세의 몸뚱이는 슬쩍 건드리기만 해도 물을 쏟아낼 정도로 무르익었다.

어쨌든 소선개는 분노를 조오에 대한 학대로 시작해서 겁탈로 끝내기를 반복했다.

지금까지 그가 조오를 짓밟은 횟수는 수백 번도 넘을 것이다. 물론 조오는 순결한 몸이 아니었다. 그렇지만 강간을 당하는 것은 처음이었다.

현재 그녀는 세상의 그 어느 것보다도 소선개를 두려워하고 있다. 그녀에게 소선개는 온갖 두려움의 대상이다.

조오는 자신을 쳐다보는 소선개를 향해 머뭇거리면서 고개를 숙였다.

말은 하지 않았지만 다녀왔느냐는 인사다. 그녀는 언젠가부터 벙어리처럼 한마디도 하지 않았다. 맞을 때도 신음을 흘리지 않았다.

소선개는 침상으로 천천히 걸어가면서도 조오에게서 시선을 떼지 않았다.

지금 그는 평소의 그가 아니다. 철장신개에게 죄를 용서받았으며 새로운 임무에 분타주로 승급까지 했기에 날아갈 것처럼 기쁜 심정이다.

하지만 지난 열한 달 동안 조오만 보면 냉랭한 표정을 지었기 때문에 지금도 자연스럽게 그런 표정이다. 말하자면 속마음과 겉모습이 다른 것이다. 습관 같은 것이라서 쉽게 고쳐지지 않을 뿐이다.

소선개는 침상 옆에 우뚝 서서 조오를 쏘아보았다. 지금까지는 분풀이의 대상으로 그녀가 필요했었지만 상황이 달라진 지금은 그녀를 보는 마음이 달라졌다.

그녀가 불쌍하게 여겨졌다. 마음의 여유가 생기니까 사태를 냉정하게 구별하는 안목이 생겨서 이제야 그녀의 입장이 되어본 것이다.

그때 조오가 겁먹은 표정으로 주춤거리면서 그에게 다가오더니 두 걸음 앞에 멈춰서 허둥지둥 옷을 벗었다.

젖 가리개와 아랫도리 속곳은 원래 하고 있지 않기 때문에 겉옷만 벗으면 그대로 전라의 몸이 되었다.

조오는 키가 큰 편이고 늘씬하며 무공 연마로 단련된 몸이라서 근육질이다.

그녀에 비해서 소선개는 머리 반 개 정도가 작은 편이고 어깨도 좁으며 땅딸한 체구다.

말하자면 그녀는 우월한 몸을 지녔으며 소선개는 열등한 몸의 소유자다.

이런 특수한 관계가 아니었으면 소선개는 순전히 자력으로는 삼생을 살아도 조오 같은 여자와 정사를 해보지 못했을 것이다.

벌거벗은 조오의 온몸은 흉터투성이다. 싸움으로 인해서 원래 있었던 흉터도 있지만 대부분은 소선개의 잔혹한 매질에 의해서 생긴 것들이다.

그녀는 겁먹은 듯한 표정으로 주춤거리면서 다가와 소선개 앞에 무릎을 꿇고 그의 괴춤에 손을 댔다.

바지를 벗기려는 것이다. 그녀는 눈치로 지금 소선개가 자기를 짓밟고 싶어 한다고 짐작했다.

그래서 매를 맞기 전에 서둘러 자신의 옷을 벗고 소선개의 옷을 벗기려는 것이다.

더구나 소선개는 지금까지 수백 번의 정사를 통해서 조오를 훈련시키기도 했다.

예를 들면 자신은 아무 말도 하지 않고 불퉁한 표정으로 가만히 있기만 하면, 조오가 눈치를 채고 알아서 제 옷을 벗고 소선개의 옷도 벗기고 또한 그의 몸을 만지고 핥아서 흥분을 시키는 일이다. 지금 조오는 늘 해오던 그 일을 하려는 것이다.

조오가 자신의 괴춤을 푸는 것을 보면서 소선개는 머릿속에서 뭔가 형편없이 부서지는 것을 느꼈다. 뿐만 아니라 심장이 짓이겨져서 엉망진창 돼버리는 것 같았다.

죄를 용서받아서 다시 태어난 것 같은 이 기쁜 상황에 추잡하게 짐승 같은 짓을 하려들다니, 소선개는 속에서 늘 익숙했던 분노가 솟구치는 것을 느끼고 발로 냅다 조오의 젖가슴을 걸어찼다.

퍽!

"집어치워!"

"끅……."

조오는 붕 날아가서 벽에 부딪쳤다가 나동그라져서 가슴을 움켜잡은 채 숨을 쉬지 못하고 껙껙거렸다.

소선개는 그 모습을 일그러진 얼굴로 쳐다보았다. 그녀가 옷을 벗고 그의 옷을 벗기려고 한 것은 절대로 그녀의 잘못이 아니다.

그녀는 그렇게 길들여졌다. 평상시였으면 그렇게 하지 않은 것 때문에 흠씬 두들겨 맞았을 것이다.

그러나 지금 소선개는 그녀를 짓밟고 싶은 기분이 아니다. 반대로 그녀를 용서해 주고 싶다. 아니, 사실 그녀는 소선개에게 잘못한 것이 없다.

그녀가 혈풍도대 도수였다는 것이 잘못이라면 잘못이다. 그에 비해서 소선개의 응징은 수백 배나 가혹했었다. 그러므로 용서를 받을 사람은 소선개다.

"끄으으… 학학학……."

조오는 입에서 피거품을 토해내면서 죽을 것처럼 헐떡이다가 간신히 움직일 수 있게 되자 엉금엉금 기어서 다시 소선개에게 다가왔다.

개처럼 두들겨 맞지 않으려면 빨리 사태를 파악해서 행동해야만 한다.

그녀는 소선개의 괴춤을 손으로 풀려고 했던 것이 잘못이었다고 생각했다.

그래서 이번에는 입으로 허리띠를 풀기로 했다. 그것 역시 소선개가 가르쳐 주었다.

입으로 모든 것을 다 하는 것이다. 입으로 그의 옷을 벗기고 입으로 그를 흥분시켜야만 한다. 손을 대기만 하면 맞아죽을 것이다.

조오가 안색이 창백하게 되어 입과 코에서 피를 흘리며 입으로 허리띠를 물자 소선개는 착잡한 표정으로 그녀 앞에 마주 앉아 어깨를 붙잡고 일그러진 얼굴로 말했다.

"그만해라."

조오의 눈동자가 폭풍처럼 마구 흔들렸다. 자기가 뭘 잘못했는지 모르겠다는 눈빛이다.

그리고 또다시 얻어터지는 것이 무섭다는 공포가 두 눈에 가득했다.

소선개는 그녀의 얼굴을 들여다보며 진심 어린 표정으로 말했다.

"조오, 널 풀어주겠다."

조오는 무슨 말인지 모르겠다는 표정이다.

"네 무공을 회복시키고 널 놔줄 테니까 어디든지 가고 싶은 대로 가거라."

조오는 놀라는 표정을 지었다. 크게 놀라는 것이 아니라 조심스럽게 놀랐다.

잘못 놀랐다가 맞을 수 있기 때문이다. 그러면서 이게 또 무슨 장난인가 하는 심정으로 소선개를 바라보았다. 소선개가 새로운 장난을 개발해 냈다면 빨리 끝내주기를 간절히 원할 뿐이다.

第七十六章 영웅지로(英雄之路)

소선개는 약속을 지켰다.

그는 조오를 태운 천붕호를 몰고 남관구에서 멀지 않은 하류 쪽 전당강 강가로 갔다.

천붕호에는 소선개와 조오, 그리고 결우당 친구들이 함께 타고 있었다.

배가 강가에 닿을 때까지도 조오는 소선개 옆에 붙어 서서 꼼짝도 하지 않았다.

그녀는 자신의 무공을 회복시켜 주고 또 자유롭게 풀어준다는 소선개의 말을 일 할도 믿지 않았다.

그저 또 무슨 악독한 장난을 하려는 것이라고 생각하여 겁
에 질려 있을 뿐이다.

한쪽에 결우당 친구들이 늘어서서 소선개와 조오를 쳐다
보고 있었다.

그들은 조오를 풀어준다는 소선개의 말을 듣고 몹시 놀랐
으나 반대하지 않았다.

소선개의 마음을 이해한다거나 공감한다는 것이 아니다.
다만 그의 결정을 존중하겠다는 뜻이다.

소선개는 빨리 조오를 풀어줘야겠다고 생각했다. 그러고
나면 오랫동안 갚지 않았던 빚을 갚은 것처럼 후련할 것이라
고 예상했다.

그는 조오를 똑바로 세우고 폐지된 무공을 회복시키는 혈
도를 머릿속으로 떠올린 후에 천천히 정확하게 그녀의 상체
열아홉 군데 혈도를 눌렀다.

후드득…….

그러자 조오가 몸을 세차게 떨었다. 그리고는 흐릿했던 눈
빛이 밝고 날카롭게 변했다.

툭!

"가라."

소선개는 천붕호에서 강변으로 연결해 놓은 발판 쪽으로
조오의 등을 떠밀었다.

그녀는 비틀거리면서 걸어가며 소선개를 뒤돌아보았다. 그녀의 몸에서는 잃었던 공력이 꿈틀거리고 있었다.

그러나 소선개를 쳐다보는 그녀의 얼굴에는 불신과 놀라움이 가득했다.

현도와 낙혼, 요조, 대도 등 결우당 친구들은 한쪽에 서서 여차하면 공격할 태세를 갖추었다.

무공을 되찾은 조오가 소선개를 죽이려고 하거나 자신들을 공격할 수도 있기 때문이다.

혈풍도수의 무위는 고강하기 이를 데 없다. 하지만 현도 등은 자신들이 합공하면 그녀를 당해낼 수 있을 것이라고 믿었다.

그러나 예상했던 일은 벌어지지 않았다. 조오는 강가에 내렸고 천붕호는 재빨리 발판을 걷고 뱃머리를 돌려 강을 향해 미끄러졌다.

"후아……."

소선개는 천붕호 앞쪽 갑판으로 옮겨와서 전방의 드넓게 펼쳐진 강을 바라보면서 두 팔을 활짝 벌리고 크게 심호흡을 했다.

그가 예상했던 것처럼 정말로 속이 후련했다. 철장신개에게 죄를 용서받은 것처럼, 조오에게도 미안함을 다 털어낸 것 같았다.

진작 이렇게 했어야만 했었다. 그러나 이제 늦게라도 할 일을 했으니까 여의신벌로 돌아가면 새로 맡은 임무에 전력을 다할 각오다.

그때 그는 문득 이상한 느낌이 들었다. 명치끝이 싸아… 한 것이 꼭 체한 것 같은 기분이다.

그래서 아까 용비, 철장신개하고 식사를 할 때 제 정신이 아니었기 때문에 체했을 수도 있다고 생각했다.

그런데 그게 아니다. 방금까지만 해도 명치끝이 아픈 것 같았는데 이제는 가슴이 뻥 뚫려서 그곳으로 차가운 바람이 통과하는 것 같았다.

'뭐… 야, 이게?'

이 기분은 마치 그가 열 살 무렵 병으로 죽은 홀어머니를 주위 사람들이 거적에 싸서 다리 위에서 강으로 버리는 것을 봤을 때 느꼈던 그것과 매우 흡사했다.

그때 어린 소선개는 움막으로 돌아와서 혼자가 됐다는 사실을 깨닫고 너무 슬프고 무서워서 울고 또 울다가 끝내 혼절을 했었다.

'무슨 이 따위……'

그런데 골칫덩이 조오를 풀어주고 돌아서서 후련해야 하는 이 마당에 그때하고 똑같은 기분이 들다니 뭐가 잘못돼도 크게 잘못됐다.

“선개, 이리 좀 와봐라.”

그때 뒤쪽 갑판에서 낙혼의 부르는 소리가 들리자 소선개는 고개를 세차게 흔들고는 그곳으로 향했다.

“저거 조오 아냐?”

낙혼이 천붕호 뒤쪽 저만치의 강을 가리키며 어이없다는 표정을 지었다.

조오가 틀림없다. 그녀는 전력으로 헤엄을 치면서 천붕호를 뒤따라오고 있었다.

현도와 요조, 대도 등이 하나둘 모여들어 한마디씩 했다.

“저거 우리한테 복수하려고 따라오는 거 아냐?”

“독한 년이로군. 풀어준 고마움도 모르다니…….”

그러나 소선개는 아무 말도 하지 않고 어금니를 악물었다. 조금 전의 가슴이 뻥 뚫린 것 같은 느낌이 조오를 보는 순간 더욱 격렬해졌다.

바람이 뻥 뚫린 가슴을 통과하는 것이 아니라 몸이 먼지가 되어 바람에 흩날려 가는 것 같았다.

조오의 모습은 점점 작아지고 있었다. 멀어지고 있는 것이다. 헤엄으로 천붕호처럼 빠른 배를 따라오는 것은 불가능한 일이다.

그때 까마득한 곳에서 조오가 한쪽 팔을 들어 흔들면서 울부짖듯이 외쳤다.

"저를 버리지 말아요!"

울컥!

순간 소선개는 가슴속에서 뭔가 뜨거운 것이 솟구치는 것을 느꼈다.

열 달만에 그 말만을 한 조오는 다시 미친 듯이 헤엄쳐서 배를 따라왔다.

소선개는 뒤돌아보며 소리쳤다.

"당장 배 돌려!"

소선개는 헤엄치느라 기진맥진한 조오의 손을 잡아 강물에서 배로 건져 올렸다.

"하아… 하아……."

오랫동안 무공이 폐지됐었다가 회복되자마자 수백 장 거리를 전력으로 헤엄쳐서 따라온 조오는 주저앉아서 거친 숨을 몰아쉬었다.

결우당 친구들은 주위에 둘러서서 조오가 무슨 짓을 하기만 하면 요절내겠다는 듯한 표정을 지었다.

하지만 소선개는 전혀 개의치 않고 그녀 앞에 앉아서 일그러진 표정을 지었다.

"너는 내가 밉지도 않으냐?"

조오는 헐떡거리며 그를 바라보다가 눈에 눈물이 가득 고이며 중얼거렸다.

"당신을 사랑하고 있어요……."

소선개는 왈칵 눈물이 솟구쳤다. 이제 더 이상 가슴에 차가운 바람이 불지 않았다.

"조오. 너는… 바보다……. 어째서……."

"제발… 저를 버리지 마세요……. 지금까지처럼 당신을 모시고 살겠어요……."

소선개는 눈물을 흘리면서 두 손을 뻗어 조심스럽게 조오의 흠뻑 젖은 몸을 안았다.

"너는 바보다… 정말……."

결우당 친구들은 이 상황을 도저히 이해할 수 없다는 표정을 지으며 고개를 갸웃거렸다.

소선개에게는 오늘 온 힘을 다해서 살아야 할 이유 하나가 새로 생겼다.

*　　　*　　　*

용비는 옥연의 일을 상의하기 위해서 한정과 수진랑을 불러 탁자에 둘러앉았다.

아까 용비는 철장신개를 여의신벌 핵심인물들에게 두루 소개를 시켜주었다.

개방에서 영향력 있는 철장신개가 전폭적으로 여의신벌을 돕겠다는 약속에 다들 한층 기분이 고조되었다.

그래서 한정과 수진랑은 용비가 그것에 대해서 뭔가 할 말이 있는 것인가 나름대로 생각하면서 그가 입을 열기를 조용히 기다렸다.

"정아, 자금사정은 어떻지?"

그런데 뜻밖에도 용비는 한정에게 여의신벌의 자금사정에 대해서 첫 말을 뗐다.

한정의 얼굴이 어두워졌다.

"좋지 않아요."

내색을 하지 않는 그녀가 그렇게 말한다면 자금사정이 매우 나쁘다는 뜻이다.

"공사가 중단됐어요."

돈이 없어서 공사에 필요한 자재들을 사들이지 못하고 있으며, 녹봉이 밀려 있는 인부들이 일하는 것을 거부하고 있기 때문이다.

한정은 짧게 대답했지만 용비는 깊은 사정들을 미루어서 짐작할 수 있었다.

여의상운은 거래처인 용화상단하고의 운송거래를 순조롭게 진행하고 있는 중이다.

용화상단이 절강성 전역에서 구입한 모든 화물은 소흥현

의 새로 조성된 포구에 하역되어 창고에 집하된다.

여의상운의 배들은 그 화물을 제남성까지 운송해 주는 일을 하고 있다.

그 일로 원래 매월 은자 이백만 냥의 수입이 예상됐으나 현재 삼백만 냥씩 벌어들이고 있다.

용화상단이 복건성에서도 물건을 구입하여 소흥현으로 보내고 있어서 화물이 사 할가량 불어났기 때문에 수입도 백만 냥 정도 늘었다. 그런데도 자금부족 상태다.

여의신벌이 공사만 하면 어떻게든 맞춰 나갈 수 있을 텐데 문제는 여의신벌 휘하 고수와 무사, 그리고 가족들이 너무 많아져서 그들 모두를 먹여 살려야 한다는 것이다.

공사는 별도로 하고서라도 여의신벌 전체가 하루 동안 제대로 굴러가려면 적어도 은자 삼십만 냥이 필요하다. 그렇게 열흘이면 삼백만 냥이고, 여의상운이 한 달 동안 벌어들인 액수와 맞먹게 된다.

한정은 상황이 이처럼 궁핍하고 다급한데도 한 번도 용비에게 우는 소리를 하지 않았다.

그 대신 자기 힘으로 어떻게든 해보려고 동분서주하고 있는 중이다.

하지만 그것도 한계에 이르렀다. 며칠 사이에 하늘에서 돈벼락이라도 떨어지지 않는다면 여의신벌 전체가 멈춰 서고 말 것이다.

"화봉을 만나고 왔다."

용비는 밑도 끝도 없이 불쑥 말했다.

한정과 수진랑은 뜻밖이라는 듯 놀라는 표정을 지었다. 그녀들은 지난밤에 용비가 수련실에서 무공 연마를 하고 있는 것으로 알고 있었는데 다음 날 아침에 그가 어디에서도 보이지 않았다.

그래서 외출한 것을 알았다. 그런데 이제 보니 그는 화봉 옥연에게 다녀왔다는 것이다.

화봉 하면 떠오르는 것이 돈이다. 그녀들은 용비가 돈을 융통하기 위해서 화봉에게 다녀왔을 것이라고 짐작했다.

과연 옥연이 뭐라고 했을지 궁금하여 두 소녀는 긴장한 표정으로 뚫어지게 용비를 주시했다.

용비는 뜸들이지 않고 곧장 말했다.

"화봉더러 내 수하가 되라고 했다."

순간 두 소녀 얼굴에 어이없는 표정이 가득 떠올랐다. 돈을 융통해 달라고 빌어도 시원치 않은 마당에 수하가 되라고 요구했다니 기가 막혔다.

"그랬더니 뭐래?"

수진랑은 과연 용비답다는 생각에 피식 웃었다.

"화봉이 내 아내가 되겠다는 조건을 제시하더군."

두 소녀는 그 자리에 얼음이 돼버렸다.

용비는 조용히 방을 나왔다.

한정과 수진랑에게는 미안한 일이지만 결정은 그녀들에게
맡겼다.

용비로서는 도저히 내릴 수 없는 결정이다. 그래서 무조건
그녀들의 결정에 따르기로 마음먹었다.

그로서는 그녀들이 과연 어떤 결정을 내릴지 도저히 짐작
할 수가 없다.

순종적이고 생각이 깊은 한정은 찬성할 테지만, 다혈질인
수진랑은 무조건 반대할 것이다. 문제는 한정이 수진랑을 이
길 수 있느냐는 것이다.

용비는 그 길로 나부파의 청허자를 만나러 결우전으로 가
면서 천추군주 한성림과 신룡군주 반대운을 불렀다.

용비와 청허자가 탁자에 마주 보고 앉아서 차를 마시고 있
을 때 한성림과 반대운이 거의 동시에 들어섰다.

"주군을 뵈옵니다."

한성림과 반대운은 일어서는 용비에게 정중하게 예를 갖
춘 후에 청허자에게 포권을 하며 반갑게 인사했다.

세 사람은 이미 용비의 소개로 인사를 했었고 이후에도 몇

차례 만나서 진지한 대화를 나누기도 했으며 함께 술을 마시기도 했었다.

한성림, 반대운은 용비가 왜 자신들을 비롯해서 청허자까지 모두 모이게 했는지 몹시 궁금하게 생각했다.

"허허허! 용 도우는 어제보다 오늘이 더 신수가 헌앙하오, 그려!"

하지만 청허자는 수염을 쓰다듬으면서 엷은 미소를 머금고 있다.

그는 그저 용비를 보기만 하면 흡족하고 좋아서 어쩔 줄을 모른다.

오가기린(吾家麒麟). 부모가 제 자식의 훌륭함을 지나치게 자랑한다는데, 청허자는 용비의 부친도 아니면서 그보다 더 그를 자랑하고 돌아다녔다.

"과찬이십니다."

용비가 가볍게 얼굴을 붉히며 손사래를 치자 세 사람은 그의 겸양이 또 마음에 들어서 고개를 끄떡이며 흡족한 표정을 지었다.

특히 한성림은 자신의 딸 한정이 용비하고 머지않아서 부부가 될 것이라고 믿어 의심하지 않기 때문에 그를 보는 눈이 더욱 남다를 수밖에 없다.

"오늘은 세 분께 부탁할 일이 있어서 모셨습니다."

용비의 예절은 날이 갈수록 깍듯해지고 있었다. 무공을 한 초식 더 배우고 공력이 한 움큼 더 증진될수록 그는 자신도 모르게 겸손하고 예의발라졌다.

청허자가 폭 넓은 소매를 휘휘 저었다.

"무량수불……. 용 도우! 부탁할 일이라면 우선 쓴 곡주(穀酒)라도 한 상 내놔야 되는 것 아니오?"

"아… 제가 생각이 짧았습니다. 용서하십시오."

문득 용비는 지금 여의신벌을 둘러보고 있을 철장신개를 술자리에 부르는 것이 좋겠다고 생각했다.

술자리는 만능전 사 층에서 벌어졌다.

만능전 전체는 용비와 한정, 수진랑 세 사람의 거처 겸 집무실이다.

난데없는 철장신개의 출현에 세 사람은 크게 놀라고 또 기뻐했다.

그중에서도 청허자가 제일 좋아했다. 철장신개가 자기하고 비슷한 연배이기 때문이다.

그뿐 아니라 두 사람은 강호에서의 명성과 지위도 비슷한 수준이었다.

강호의 배분이나 명성을 상중하로 구별한다면, 두 사람은 상의 중 정도에 속했다.

나부파는 무림구파일방에는 들지 못하지만 그에 비해서 전혀 손색이 없는 전통과 세력, 명성을 지니고 있다.

두 사람은 개방과 나부파의 장로 신분이므로 무게를 단다고 해도 비슷한 근수가 나갈 터이다.

그에 비해서 한성림과 반대운은 중의 중 정도 수준이라고 할 수 있다.

천추문과 신룡보가 항주의 패자라고는 하지만 개방과 나부파에 비할 바는 아니기 때문이다.

하지만 청허차나 철장신개 둘 다 강호의 명성이나 배분을 따질 소인배가 아니다.

두 사람은 한성림과 반대운을 격의 없이 대했으며, 술자리가 시작한 지 얼마 지나지 않아서 마치 오래전부터 알던 사이처럼 돼버렸다.

한바탕 인사와 덕담. 그리고 강호의 노선배들이 즐기는 우스갯소리가 지나간 후 용비가 입을 열었다.

"여의신벌의 모든 사람 중에서 자질이 가장 뛰어난 네 사람을 엄선해 주십시오."

그러자 한성림과 반대운은 적잖이 놀라고 또 긴장하는 표정을 지었다.

하지만 철장신개와 청허자는 의미심장한 미소를 짓더니 태연하게 말했다.

"그렇다면 벌써 찾았네."

"누굽니까?"

두 사람은 손가락으로 자신을 가리켰다.

"노개일세."

"빈도일세."

말하자면, 여의신벌 내에서 자신들의 자질이 가장 뛰어나다는 뜻이다.

"푸핫핫핫! 그 말씀이 정답입니다!"

"우하하핫! 틀림없습니다!"

한성림과 반대운은 탁자를 두드리며 박장대소했다.

용비는 빙그레 미소 지으며 한성림과 반대운에게 부탁했다.

"그렇다면 이제 두 분께서 자질이 뛰어난 나머지 두 사람만 찾아주시면 되겠군요."

한성림과 반대운은 즉시 일어나서 공손히 포권하며 허리를 굽혔다.

"명을 받듭니다."

용비는 적이 당황하며 손을 저었다.

"이러지 마십시오. 이런 사석에선 여기 두 분처럼 두 분도 저를 편하게 대하십시오."

그것은 용비의 진심이다. 공석에서야 어쩔 수 없다지만 한정과 반아미의 부친들을 수하로 막 대하는 것이 땀이 날 정도로 난감한 일이었다.

그러나 한성림과 반대운은 절대 그럴 수 없다면서 결사적으로 반대했다.

"하아… 이것 참. 곤란하군요."

용비는 한성림에게 도움을 청했다.

"정아를 봐서라도 제 청을 들어주십시오."

한성림은 한정의 얘기가 나오자 옳거니 하는 표정을 감추며 슬쩍 한발 양보했다.

"그것은 주군께서 정아를 어떻게 생각하시느냐에 달렸습니다만."

"무슨 말씀이신지요?"

한성림은 이 기회에 못을 박아야겠다고 다짐했다.

"주군께선 장차 정아를 부인으로 맞이하실 생각이십니까?"

용비는 갑자기 식은땀이 났다. 하지만 대답을 해야 한다. 회피하면 한성림이 오해할 것이다.

그리고 그는 한정을 이미 자신의 여자로 생각하고 있으며 그렇게 대하고 있다.

"그… 렇습니다."

한성림은 갑자기 환한 표정을 짓더니 어깨에 힘을 주며 크게 헛기침을 했다.

"험! 그렇다면 속하는 사석에서만큼은 장인으로서 주군을 사위로 대하겠습니다."

"그러십시오. 고맙습니다."

용비가 고개를 꾸벅 숙였다.

"험! 어어~ 험! 그럼 얘기 계속하게. 사위."

한성림의 헛기침소리가 더욱 커졌다.

그는 슬쩍 반대운을 쳐다보았다. 반대운은 씁쓸한 얼굴로 고개를 약간 숙이고 있었다.

한성림은 슬하에 아들 딸 남매를 두었으나 반대운은 딸만 하나 달랑 무남독녀다. 그러므로 그녀에 대한 기대라는 것은 두말할 필요가 없다.

그런데 한성림의 딸은 용비하고 정혼한 것이나 다름이 없는 상태에 만능전에서 같이 기거하고 있는데, 자신의 딸 반아미는 용비 근처에 가지도 못하고 있는 처지가 못내 씁쓸하고 딸이 불쌍하게 여겨졌다.

한성림은 반대운의 처지를 잘 알고 있기에 그를 안쓰럽게 여기고 있었다.

그런데도 어째서 자꾸만 어깨에 힘이 들어가고 헛기침이 나오는지 자신도 알 수가 없는 노릇이다. 그 역시 오가기린에서 벗어날 수 없는 범부인 모양이다.

한성림과 반대운은 여의신벌에서 한솥밥을 먹게 되면서 예전의 묵은 감정 따윈 다 잊어버리고 동료와 친구로서 잘 지내고 있다.

그러나 이런 미묘한 알력이 생기는 것까지는 자신들도 어쩔 수가 없었다.

학자풍의 한성림이 한껏 기고만장하고 있는 반면에 호걸풍인 반대운은 괜히 술잔만 만지작거리고 있으면서 좌중에 묘한 정적이 흘렀다.

"어이! 반 아우."

그때 철장신개가 불쑥 반대운을 불렀다. 이제 겨우 두 번 만나는 것뿐인데 거침없이 반대운을 '아우' 라고 부른 것이다.

"말씀하십시오."

그러나 반대운은 추호도 개의치 않았다. 철장신개가 얼마나 호인인지 소문을 들어서 익히 알고 있기 때문이고 굳이 이런 자리가 아니더라도 철장신개는 무림의 선배이다.

"반 아우도 딸 있지?"

철장신개가 불쑥 물었다.

"네. 여식이 하나 있습니다만……."

철장신개는 수염을 쓰다듬으며 묘한 미소를 지었다.

"흠! 내가 알기론 문무를 겸비한 대단한 여장부라고 하더

구먼. 흑룡가인이라고 들었네만, 얼마나 예쁘면 아호에 '가

인' 이 들어 있겠나?"

"하하… 그거야……."

반대운은 철장신개의 속을 알 수 없어서 어색하게 미소만

지었다.

철장신개는 과연 무림최고 정보세력인 개방의 장로다웠

다. 신룡보주의 딸에 대해서도 훤히 꿰고 있지 않은가. 그런

데 그가 용비를 가리켰다.

"자네 딸도 이 친구 주게."

"옛?"

반대운은 깜짝 놀랐다.

"흑룡가인을 용비에게 시집보내라는 말일세."

"에에엣?"

한성림은 그보다 더 놀랐다.

그러나 철장신개는 시종 느긋했다.

"헛헛헛! 자고로 영웅은 호색한다고 했네. 그러니 삼처사

첩인들 대수롭겠나?"

그는 은근한 눈빛으로 한성림을 쳐다보며 떠보듯이 은근

짜처럼 굴었다.

"한 아우. 안 그런가?"

"지… 당하신 말씀이십니다. 선배님."

"으핫핫핫! 과연 대인이로고! 암! 대인이야!"

한성림이 억지춘양으로 대답하자 철장신개는 호탕한 웃음을 터뜨렸다.

그리고는 반대운에게 넌지시 말했다.

"됐네."

"뭐가 됐다는 말씀이신지……."

"아예 날을 잡게. 이왕이면 자네 딸하고 한 아우 딸을 같은 날 용비에게 시집보내면 되겠군."

"……."

반대운이 용비를 쳐다보자 철장신개가 손을 휘휘 저었다.

"그 친구 쳐다볼 것 없네. 어디 미인 마다하는 영웅 본 적 있나? 지금 저 친구 속으로는 좋으면서 가만히 있는 게야. 안 봐도 훤하지. 만약 장인 면전에서 마누라 한 명 더 얻는다고 좋아해 보게."

"하아……."

"고민할 거 없어. 반 아우 자네가 용비 저 친구에게 말을 놓으면 그게 곧 자네 딸을 그에게 시집보낸다는 뜻이니까. 알아들었나?"

"아… 네."

"자. 용비에게 사위라고 불러보게."

반대운은 얼굴을 붉힌 채 어색해하고 있는 용비를 한 번 보고는 또 한숨을 내쉬었다.

"하아……."

"무량수불… 무엇 때문에 자질 좋은 네 명을 엄선하려는 것인가?"

분위기가 차분해지자 청허자가 물었다. 그도 철장신개처럼 은근슬쩍 용비에게 말을 놓았다.

용비는 부드럽게 미소 지었다.

"제자로 삼으려고 합니다."

네 사람이 동시에 놀라는 표정을 지었다, 한성림은 너무 놀라서 엉거주춤 일어나려고 했다.

고금제일인 만절기황의 전인 용비가 제자를 거두려 한다는 것은 대사건이다.

용비는 네 사람의 표정이 너무 심각한 것을 보고 뜨악한 표정을 지었다.

"아… 농담입니다. 제가 무슨 제자를 거두겠습니까?"

그러나 네 사람은 그의 말을 농담으로 받아들이지 않았다. 그럴 사람이 아니기 때문이다.

청허자가 놀라면서도 아쉬운 표정을 지으며 중얼거렸다.

"그렇다면 빈도하고 철장노개가 자네 제자가 되는 것은 무리겠군."

"그렇더라도 노개는 꼭 되고 싶은데… 쩝!"

철장신개는 미련을 버리지 못하고 용비에게 두 손을 모아 아첨하는 표정을 지었다.

"사부님, 안 되겠습니까?"

상황이 너무 진지해서 철장신개의 우스갯소리에 아무도 웃지 않았다.

용비는 빙그레 미소로 화답하고 나서 모두에게 조용히 설명해 주었다.

"저는 만절사신도의 네 가지 절학을 터득했습니다. 그러나 저 혼자만으로는 절대십천의 천주들을 상대하는 것이 무리인 것 같습니다."

네 사람은 수긍하듯 고개를 끄떡였다. 그들은 자신들 네 명이 절대십천 한 명을 합공해도 십 초식도 견디지 못할 것이라고 생각했다.

"그래서 자질이 뛰어난 네 명을 선발해서 그들에게 만절사신도의 절학을 한 가지씩 가르치려고 합니다."

"그래도 괜찮겠나?"

철장신개는 염려스럽다는 표정으로 물었다.

무림인들은 자신의 무공을 타인에게 가르쳐 주는 것을 극도로 꺼린다.

평범한 이, 삼류 무공도 그런 터에 고금최고 절학인 만절사신도의 무공을 측근도 아닌 무작위 타인에게 전수하겠다니 혼비백산할 일이 아니겠는가.

"사부님께는 나중에 따로 잘 말씀드리겠습니다."

고결한 모습으로 조용히 말하는 용비를 네 사람은 우러러보지 않을 수가 없었다.

천하를 위해서 목숨보다 더 소중한 절학을 서슴없이 가르친다는 것은 어느 누구도 흉내조차 낼 수 없는 일이다.

그것은 추호의 사심도 없는 정인군자이며 영웅만이 할 수 있는 일이 아니겠는가.

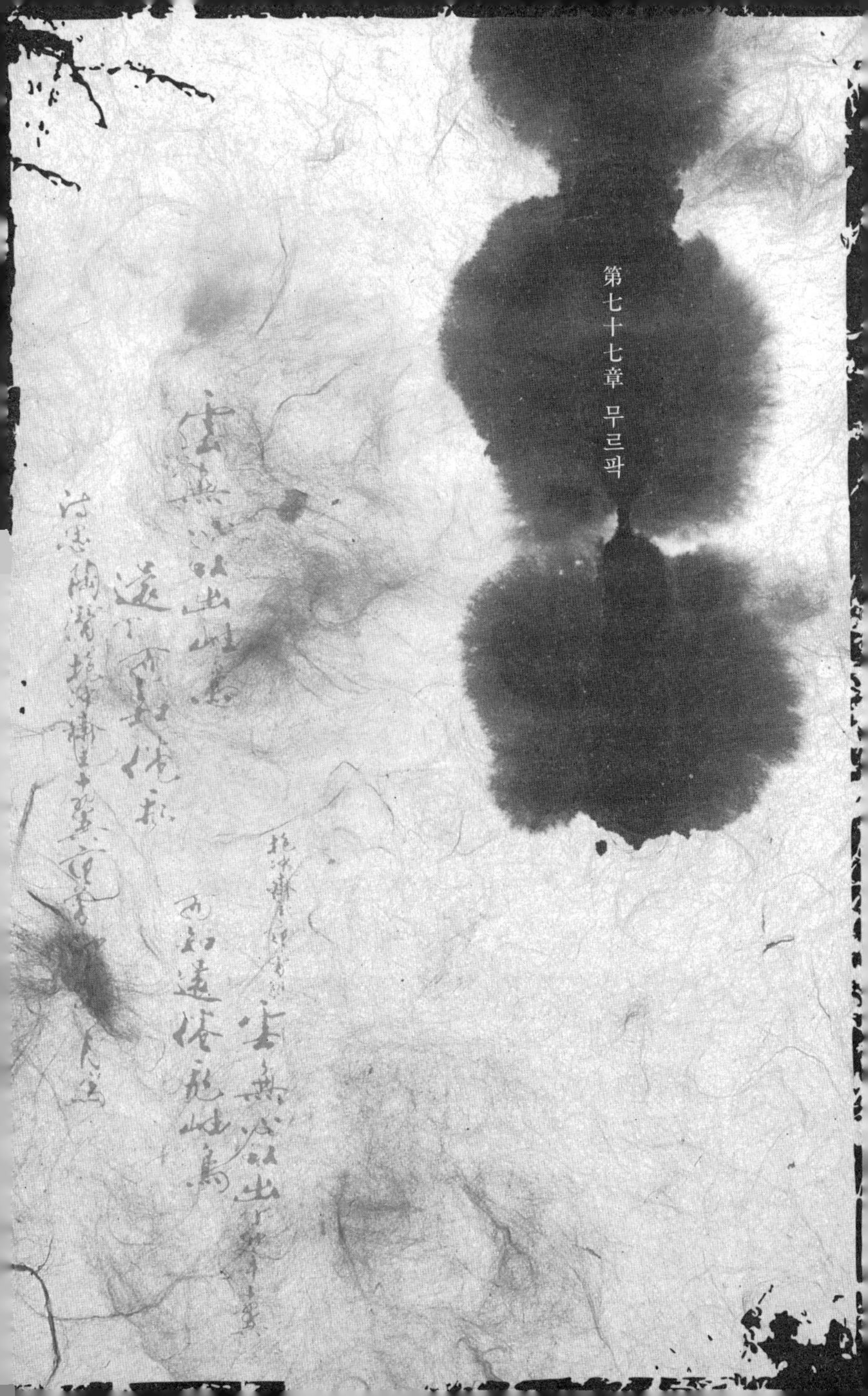

第七十七章 무리팍

밤이 되자 용비는 다시 만능전 사 층의 수련실에서 만절사 신도의 네 가지 절학, 즉 만절사신공(萬絶四神功)을 연마하느 라 여념이 없다.

그는 광동성 남구릉에서 만절사신공을 모두 이해하고 터 득했으나 그것들을 꾸준히 연마함으로써 완벽하게 자기 것으 로 만들려는 것이다.

그가 최초에 배웠던 호투신박은 이름 그대로 근거리에서 싸울 때 최고의 위력을 발휘한다.

그는 남구릉의 동굴 속에서 만절삼신도 그림 속에 차례로 들어갔다가 나올 때마다 틈틈이 호투신박을 익히는 것을 게을리 하지 않았었다.

호투신박하고는 반대로 용신도 속에서 천룡 용아에게 배운 것은 원거리, 즉 멀리 떨어진 적을 상대하거나 요격하는 절학이다.

통칭하여 천룡신위(天龍神威)라고 하며 다섯 가지 초식에 각 초식마다 수십 개의 변화가 담겨 있다.

그중 한 가지 초식은 경공법이고 네 개의 초식은 장법과 지공, 음공(音功), 그리고 신공이다.

천룡신위를 완성할 경우 적을 살상할 수 있는 최대거리는 무려 백여 장에 이른다.

뿐만 아니라 음공을 전개하면 단 한 번의 용후(龍喉)를 발휘하여 한꺼번에 백여 명 이상을 죽일 수도 있다.

세 번째 그림 봉신도에서는 영물인 주작 영봉에게 주작신무(朱雀神舞)라는 검법과 봉신연행(鳳神衍行)이라는 절세의 경공술을 배웠다.

네 번째이며 마지막 그림인 지중도에서 영물인 현무 흑신에게 배운 것은 흑신마경(黑神魔境)이라는 절학이다.

흑신마경을 배우는 동안 그리고 모두 배우고 나서 용비는 한 가지 결심을 했다. 될 수 있으면 그 절학을 사용하지 않겠다는 다짐이었다.

혹신마경은 한마디로 말해서 잔인무도한 파멸공(破滅功)이
라고 할 수 있다.

펼쳐지는 순간 반드시 누군가를 죽여야만 하는 살인공(殺
人功)이며 중도에서 거둘 수도 없으며, 그 방법이나 결과가 참
혹하기 그지없다.

용비는 이곳 수련실에서 무공 연마를 하면서도 의식적으
로 혹신마경은 연마하지 않고 있다.

그가 여의신벌에 돌아와서도 수진랑이나 한정하고 제대로
어울리지 않고 밤만 되면 무공 연마에 매두몰신(埋頭沒身)하
는 데에는 이유가 있다.

허실을 잊지 못하기 때문이다. 하루 종일 그녀 모습이 눈앞
에서 아른거리고 그녀 생각이 머리에서 떠나지 않는데, 밤이
되어 아무것도 하지 않고 있으면 그녀가 더욱 그리워서 미칠
것만 같았다.

그래서 그것을 잊으려고 그리움에 미칠 것 같은 것보다 더
미칠 듯이 무공 연마에 매달리는 것이다.

덜컥……

그가 사신검으로 검법 주작신무를 연마하고 있을 때 수련
실 문이 열리고 수진랑이 들어섰다.

그는 검법 연마에 푹 빠져 있느라 수진랑이 들어온 것을 알
지 못했다.

쉬이이— 스사사사— 째째애액!

새카만 사신검에서 여러 음향이 쏟아져 허공을 울렸다.

그는 공력을 전혀 사용하지 않고 검법을 전개하고 있다. 만약 공력을 조금이라도 주입했다면 수련실이 이미 산산조각 나고 말았을 것이다.

그런데도 불구하고 사신검에서 위력적인 검풍이 발출되어 허공을 찢을 듯하고, 그 기운들이 바닥을 스칠 때는 두껍고 단단한 청석 바닥이 갈라지며 선이 쭉쭉 생겼다.

용비는 두 발로 호보를 밟으면서 오른손의 사신검으로 주작신무를 전개하고 있다.

이제는 두 개의 절학을 섞어서 자연스럽게 전개할 수 있는 수준에 이른 것이다.

수진랑은 문을 닫는 것도 잊은 채 홀린 듯한 표정으로 용비의 검법 연마를 바라보았다.

그녀는 용비가 검에 공력을 주입하지 않았다는 사실을 알지 못했다.

그런데도 불구하고 사신검에서 발휘되는 거미줄 같은 무수한 검영과 검풍에 압도당했다.

뿐만 아니라 용비가 호랑이처럼 민첩하게 움직이면서 봉황처럼 허공으로 도약하여 사신검을 흩뿌리는 것을 보고 자신의 실력으로는 그의 일초지적도 되지 못할 것이라는 생각이 들었다.

만약 용비가 그녀를 먼저 발견하고 검법 연마를 멈추지 않았다면 그녀는 자신이 이곳에 온 목적마저 잊은 채 언제까지나 서서 구경했을 것이다.

"무슨 일이냐?"

용비는 사신검을 팔에 문신으로 거두면서 조금도 흐트러지지 않은 모습으로 수진랑에게 다가갔다.

수진랑은 용비의 모습에 압도당했다. 더구나 땀 한 방울 흘리지 않고 호흡도 거칠어지지 않은 것을 보고 감탄을 금치 못했다. 하지만 내색하지는 않았다.

"아… 무공 연마 끝난 거야?"

용비는 그녀가 무슨 할 말이 있어서 왔을 것이라고 생각했다. 어쩌면 화봉 옥연에 대한 것일지도 모른다.

"그래."

"화봉 말이야."

그녀도 용비처럼 말을 빙빙 에둘러서 하지 않는 직설적인 성미다.

"당신이 거두도록 해."

수진랑은 용비에게 최초로 '당신'이라는 호칭을 사용했다. 방금 전에 그가 주작신무를 연마하는 광경을 보고 압도당했기 때문일 것이다.

그는 존경받아 마땅한 사람이라는 사실을 깨달았을지도 모른다.

수진랑은 자신과 한정이 상의한 결과를 통보해 주었다. 그러면서도 구구한 설명을 하지 않았다.

옥연에게 마음을 뺏기지 말라느니 자신들보다 그녀를 더 사랑하면 안 된다느니 등등을 요구하는 것은 스스로 추해지기 때문이고 자존심이 허락을 하지 않아서다.

"나는 내키지 않는다."

그가 심드렁한 얼굴로 중얼거리자 수진랑은 보일 듯 말 듯 미소를 지었다. 그의 방금 한마디가 보상으로 충분하기 때문이다.

"여의신벌 식구들을 다 굶겨죽일 거야?"

용비는 입맛을 다셨다. 왜 싫은지는 모르지만 어쨌든 화봉 옥연에겐 도통 정이 가지 않았다.

수진랑은 그에게 한 걸음 더 다가서 몸을 밀착시키면서 손을 뻗어 그의 음경을 부드럽게 움켜잡았다.

"장차 이 물건을 얼마나 많은 여자들에게 사용하게 될까 모르겠어."

용비는 씁쓸한 미소만 지은 채 아무 말도 하지 않았다. 이런 식으로 나간다면 그 자신도 어떻게 될지 장담할 수 없기 때문이다.

“이 녀석 멋진 놈이야.”

그녀는 용비에게 입술을 문지르며 사근거렸다.

용비의 음경은 순식간에 단단하게 발기하여 수진랑의 손 안에 붙잡혀 희롱을 당했다.

문득 용비는 씁쓸함을 느꼈다. 허실에 대한 그리움을 잊으려고 미친 듯이 무공 연마를 했는데, 수진랑이 잠시 만져 주는 것으로 이처럼 욕정이 들끓다니 인간의 얄팍한 양면성에 침을 뱉어주고 싶었다.

그렇더라도 욕구가 먼저다. 그는 손을 뻗어 수진랑의 탱탱한 둔부를 부드럽게 쓰다듬었다.

그러자 그녀가 슬쩍 한 걸음 뒤로 물러났다.

“오늘 밤은 정매에게 가.”

“정아?”

그러면서도 그녀는 손을 뻗어 그의 음경을 붙잡고 있었다.

“최소한 화봉보다는 정매를 먼저 여자로 만들어주는 것이 도리 아니겠어?”

“그런가?”

수진랑은 말은 그렇게 하면서도 손은 아쉬움을 버리지 못한 채 용비의 음경을 놓지 못하고 있었다.

“불가해(不可解)야.”

“뭐가?”

수진랑은 고개를 갸웃거렸다.

"어떻게 이런 괴물이 내 몸속에 들어갈 수 있는 거지?"

그러더니 곧 진지하게 주문했다.

"정매 살살 다뤄. 죽을지도 모르니까."

한정은 용비와의 첫날밤을 위해서 두 번째 술상을 준비해 두고 있었다.

척!

"헉!"

용비가 문을 열고 실내로 들어서자 그녀는 퉁기듯 발딱 일어서며 숨을 몰아쉬었다.

용비가 이제나저제나 올까 하고 극도로 긴장하고 있었기 때문이다.

더구나 수진랑이 용비의 음경을 탁자의 기둥으로 비유를 했기 때문에 줄곧 탁자 앞에 앉아서 기둥을 쓰다듬으며 크기를 가늠해 보았다.

그러면서 혹시 이것에 찔리면 자신이 오늘 밤에 죽는 것이 아닐까 하고 걱정하고 있던 중이었다.

"주… 주군……."

너무 당황하고 놀랐던 터라 그녀는 들어선 용비를 보자마자 지금까지 한 번도 불러본 적이 없는 호칭을 입 밖에 내고 말았다.

　용비는 한눈에 한정이 지나치게 긴장하고 있다는 사실을 간파했다.

　설마 수진랑이 자신의 음경의 크기까지 비유해서 그것 때문에 공포에 질려 있다는 것은 알 턱이 없다.

　"정아."

　"네… 네?"

　한정은 그의 부름에 화들짝 놀라 자신도 모르게 부동자세를 취하고는 바들바들 떨었다.

　그런데 그의 시선이 은연중에 용비의 하체로 향했다. 때마침 용비는 수진랑 때문에 음경이 극도로 발기하여 채 식지 않은 상태였다.

　용비는 그녀가 자신의 그곳을 뚫어지게 주시하자 비로소 그녀가 무엇을 두려워하는 것인지 깨달았다.

　"술 한잔하자."

　이럴 때는 몇 잔의 술이 그에게나 한정에게 도움이 될 것이라고 생각했다.

　용비가 알고 있는 한정은 재능과 미모, 무공까지 두루 겸비한 훌륭한 여자다.

　만약 그녀가 없었다면 여의신벌이라는 세력이 탄생하지도

못했을 것이다.

용비가 수진랑보다 한정이 훨씬 가까운 사이였음에도 불구하고 수진랑하고 먼저 부부지연을 맺은 이유는 여러 상황이 있었다.

하지만 그중 가장 큰 이유가 한정하고 부부지연을 맺었을 경우 그녀의 존재가 완벽해지기 때문이다. 수진랑하고는 비교 자체가 되지 않는다.

그래서 용비는 은연중에 한정하고의 정사 기회가 있을 듯하면 이리저리 피해왔던 것이다.

한정과 수진랑 좌우 날개의 형평을 맞추기 위한 그 나름의 노력이었다.

하지만 그런 것을 알 턱이 없는 수진랑이 용비의 등을 떠밀어 이런 자리를 마련해 주었다.

더구나 화봉 옥연하고의 일이 있기 때문에 용비로서는 그 전에 한정을 자신의 여자로 만들어야 하는 책임이 있다. 한정을 방치하고 옥연하고 부부지연을 맺는 것은 말도 되지 않는 일이다.

한정은 부끄러움과 두려움을 이기려고 평소보다 더 많은 술을 마셨다.

원래 그녀는 술이 약한 편이다. 그런데도 얼굴만 빨개졌을 뿐 술을 마실수록 정신은 더욱 또렷해져서 술이 아무 도움도 되지 못했다.

용비는 정사에 대해서는 순진무구한 한정을 위해서 자신이 처음부터 이끌어야겠다고 생각했다.

한정이 부끄러워할까 봐 실내의 불을 껐으나 그것은 전혀 도움이 되지 않았다.

침상에 나신으로 반듯하게 누워 있는 그녀의 온몸에서 은은한 빛이 뿜어지고 있었기 때문이다. 그녀는 자체적으로 빛을 뿜어내는 발광체 같았다.

근육질의 한 마리 야생마 같은 수진랑하고는 전혀 다른 고혹적이고 우아한 나신이 숨 막히는 아름다움을 발산하면서 거기에 누워서 '당신 마음대로 하세요'라고 말하고 있는 것 같았다.

한정의 나신을 본 용비는 욕정이 치솟아 급히 옷을 모두 벗고 그녀의 나신 위에 몸을 실었다.

"흑……."

그녀가 용비 무게 때문에 낮게 신음을 흘리는 것이 용비의 욕정을 증대시켰다.

그는 자신이 알고 있는, 수진랑이 좋아하던 몸의 은밀한 부위를 부드럽게 만지고 애무하기 시작했다.

"아……."

그런데 한정은 수진랑하고 사뭇 달랐다. 수진랑은 용비가 어딜 만지고 또 무슨 짓을 해도 최고 반응이 몸을 부르르 떨든가 사지를 비틀면서 발가락을 꼼지락거리면서 참으려고 애쓰는 정도가 전부였었다.

하지만 한정은 손이 닿자마자 그대로 자지러지면서 탄성을 터뜨렸다.

젖가슴을 입에 물고 혀로 유두를 간질이자 숨이 할딱할딱 넘어갔다.

또한 배와 허벅지를 손바닥으로 쓰다듬기만 해도 된통 얻어맞은 젖먹이처럼 비명을 질러댔다.

'아아…… 이렇게 좋은 거였어……?

그녀는 비몽사몽 중에도 오로지 하나만 기억했다. 수진랑이 용비의 물건을 받을 때 두 다리를 최대한 넓게 벌리라고 주의를 준 사실이다.

어느 순간 한정은 얼굴이 발갛게 달아올라 달뜬 표정으로 눈을 동그랗게 뜨고 용비를 올려다보았다.

"아아… 이거 뭐… 뭐예요?"

"뭐가?"

"이… 이거……."

한정은 용비가 아까부터 자꾸 구부린 무릎으로 자신의 은밀한 곳을 찌르자 아파서 용기를 내어 무릎이라고 생각하는 그것으로 손을 뻗어 잡으며 겨우 물었다.

"……!"

그런데 그녀의 손에 만져진 것은 절대로 무릎이 아니었다. 무릎은 뼈이기 때문에 단단한데 이것은 끄트머리가 이렇게나 보들보들하고 또 뜨거울 리가 없다.

그리고 그녀는 깨달았다. 수진랑이 가장 중요한 거짓말을 했다는 사실을.

'타… 탁자… 다리가 아니잖아…….'

그녀는 용비가 자신의 두 다리를 한껏 벌리면서 무르팍을 들이미는 것을 아련하게 느꼈다.

그리고 잠시 후에 그녀는 태어나서 가장 크고 처절한 비명을 터뜨렸다.

"으아악—!"

수진랑은 한정이 오전 내내 보이지 않자 조금 걱정이 되어 그녀 방에 찾아갔다.

한정은 방에 있었다. 그런데 잠옷치마를 입은 채 침상에 누워 있었다.

"어디 아파?"

"응? 응……."

한정은 수진랑의 시선을 피하면서 얼굴을 붉혔다.

"일어나지 말고 누워 있어."

한정이 힘겹게 상체를 일으키자 수진랑은 급히 침상에 걸터앉으며 그녀를 만류했다.

"열은 없는데?"

수진랑은 한정의 이마를 짚어보며 고개를 갸웃거렸다.

"어디가 아픈 거야?"

그러나 한정은 대답을 하지 못하고 얼굴이 발그레해지며 눈을 내리깔았다.

수진랑은 금세 눈치를 채고 빙긋 미소 지으며 입술을 삐죽거렸다.

"아팠어?"

"순 거짓말쟁이."

한정은 눈을 곱게 흘겼다.

"왜?"

"탁자 다리라면서?"

"아냐?"

"나는 그이가 무릎을 들이미는 줄 알았어."

"무릎? 푸핫핫핫핫!"

수진랑은 고개를 젖히고 목젖이 보이도록 커다랗게 웃음을 터뜨렸다.

웃음을 그친 그녀는 한정이 다리를 넓게 벌린 채 누워 있는 것을 보고 의미 있는 미소를 지었다.

"그이 순 짐승이야. 그렇지?"

"그래."

한정은 맞장구를 치고 나서 꿈을 꾸는 듯한 몽연한 표정을 지었다.

"너무나도 사랑스러운 짐승."

한무군이 만능전으로 급히 달려 들어와 용비 집무실이 있는 삼 층으로 한달음에 올라왔다.

마침 수진랑이 한정을 부축하고 그녀의 집무실로 가고 있는 중이었다.

한정이 잠시라도 자리를 비우면 여의신벌이 제대로 굴러가지 않는다.

한정은 수진랑에게 매달리다시피 하여 허리를 구부정하게 굽힌 채 다리를 넓게 벌리고 어기적어기적 걸음마를 하듯이 겨우 걷고 있었다.

"정아!"

그때 막 계단을 달려 올라온 한무군이 한정을 발견하고 반갑게 불렀다.

그러나 수진랑이 함께 있는 것을 보고 급히 정중한 자세를 취했다.

"좌군주님, 우군주님."

"무슨 일인가요 오라버니?"

한정은 최대한 멀쩡한 체 하면서 물었다.

한무군은 갑자기 다급한 표정을 지으며 빠르게 보고했다.

"아! 절대십천의 고수들로 보이는 수상한 자들이 탄 배가 소홍현으로 들어서 이곳으로 거슬러 오르고 있다는 보고가 들어왔습니다!"

"뭣이?"

움찔 놀란 수진랑은 한정을 놓고 재빨리 용비의 집무실로 달려갔다.

"아……."

수진랑을 의지하고 있던 한정은 비틀거리다가 급히 벽을 짚고 균형을 잡았다.

"괜찮으십니까?"

한무군은 감히 한정에게 손을 대지 못하고 머뭇거리며 걱정스럽게 물었다.

"괜찮아요, 오라버니. 걱정 마세요."

한무군은 공손히 인사를 하고 계단을 내려갔다.

한정은 혼자 용비의 집무실로 가기 위해서 벽을 짚으며 엉거주춤한 자세로 걸어갔다.

"아아……."

그런데 온몸이 조각나는 것 같았다. 도대체 아프지 않은 곳이 한 군데도 없었다.

그중에서도 은밀한 부위와 허벅지, 둔부가 제일 아팠다. 시뻘겋게 단 인두로 지지는 것 같기도 하고 수십 개의 송곳으로 마구 찌르는 것 같기도 했다.

그러나 절대십천 고수들로 보이는 수상한 자들이 배를 타고 와관으로 접근하고 있다는데 아픈 것쯤이야 참아야 한다고 생각했다.

그때 용비와 수진랑이 집무실에서 달려 나오다가 다가오고 있는 한정을 발견했다.

"정아."

"요… 용랑……."

'용랑?'

한정이 반갑게, 그러나 부끄러운 듯 용비를 부르는 호칭을 듣고 수진랑은 저절로 목에 핏대가 세워졌다.

'용랑? 아직 나도 그렇게 부르지 못하는데……'

여자가 사내를 랑(郎)이라고 부르는 것은 남편에 대한 정식적이고 애정적인 호칭이다.

수진랑은 한정보다 더 빨리 그리고 훨씬 많이 용비하고 정사를 했지만 지금껏 '그이' 혹은 '당신'이라고 부른 것이 고작이었다.

'용랑'이라는 호칭은 불러보려고 생각해 본 적도 없었다. 언감생심 엄두가 나지 않아서였다.

'얌전한 고양이 부뚜막에……'

"정아, 너도 같이 가자."

수진랑의 생각이 끝나기도 전에 용비가 한정에게 다가가며 말했다.

"처… 천첩은… 아……."

한정은 말하다가 휘청거리며 급히 손으로 하체의 은밀한 곳을 눌렀다.

너무 아파서 자신도 모르게 취한 동작인데 용비는 그걸 보고 어떻게 된 일인지 즉시 알아차렸다.

슥—

"아……."

용비는 덥석 두 팔로 한정을 가뿐하게 안아 들고 나는 듯이 계단을 내려갔다.

계단 위에 혼자 남은 수진랑은 쇠망치로 뒤통수를 호되게 강타당한 충격에 빠졌다.

'천첩?

방금 한정이 한 말이다. 그것은 아내가 남편 앞에서 자신을 낮춰서 이르는 호칭인데 그렇게 자신을 자칭해야만 비로소 정식 부인이라고 말할 수 있다.

“용랑… 천첩……”

수진랑은 두 주먹을 잔뜩 움켜쥐고 한동안 그 말을 되풀이
하며 중얼거렸다.

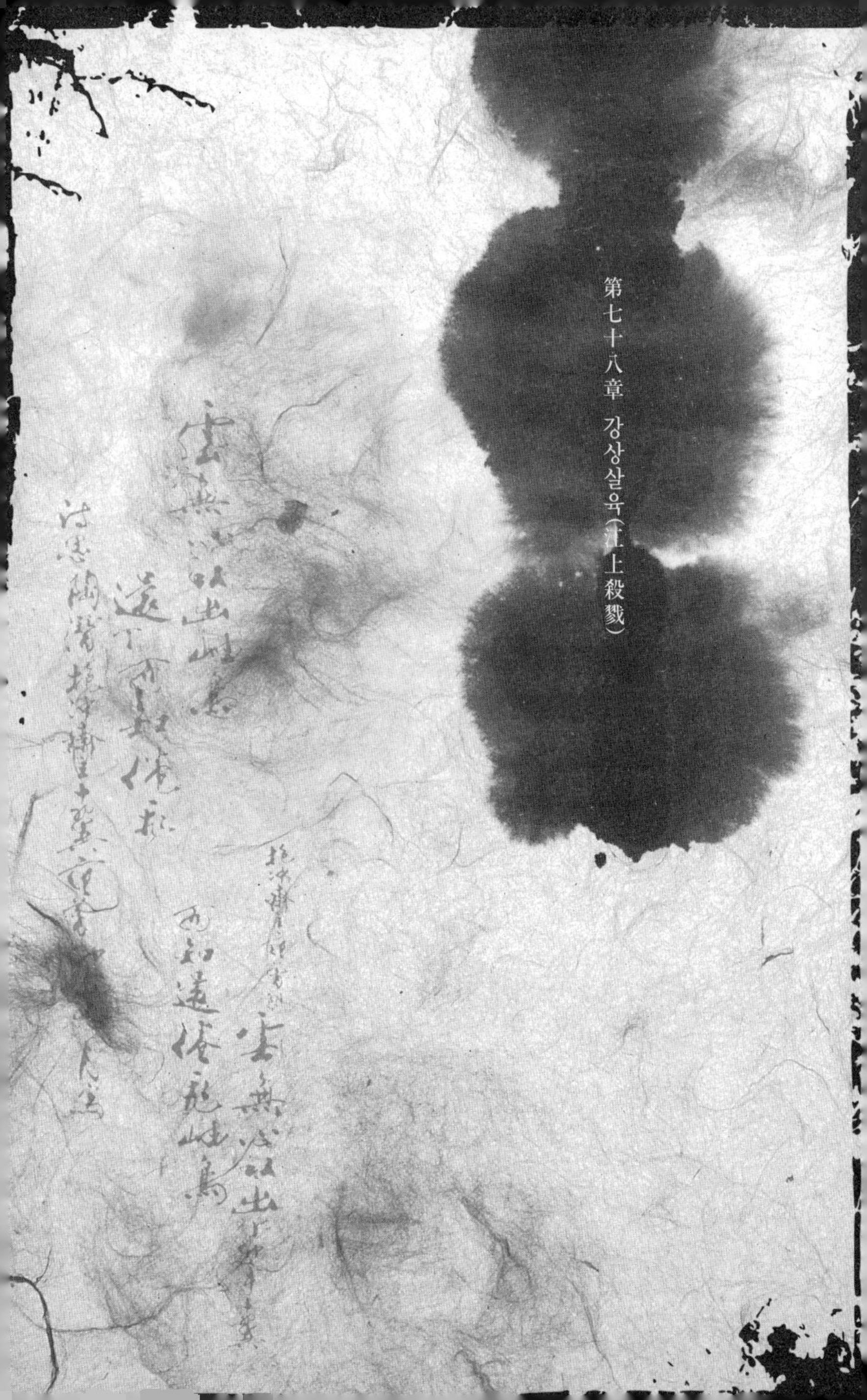

第七十八章 강상살육(江上殺戮)

萬能書生 만능서생

소홍현에서 와관까지의 조아강에는 수백 척의 작은 어선이 떠서 고기잡이를 하고 있다.

그중에서 이십여 척의 어선이 여의신벌 소속의 탐색선(探索船)이다.

한 척의 중형급 배가 옥반양에서 조아강으로 진입하는 것은 이미 소홍현 포구를 감시하고 있는 여의신벌 신룡보 휘하 무사들에게 발각됐다.

이후 수상한 배에 대한 감시는 조아강을 왕복하면서 순찰하고 있는 여의신벌 탐색선으로 옮겨졌으며, 그 배가 와관을

십여 리 남겨놓은 지점까지 거슬러 올라올 때까지도 감시를 늦추지 않고 있었다.

중형급 수상한 배에는 무려 백여 명의 고수가 타고 있었다. 그들은 배의 앞뒤 갑판과 측면 난간에 흩어져서 사방을 날카롭게 살피고 있었다.

모두들 청의경장을 입고 있으며 어깨에는 검을 멨고 왼쪽 가슴에는 피를 찍어놓은 듯한 마귀 하나가 또렷하게 수놓아져 있었다.

[저자들 추혼검대예요.]

천붕호 앞쪽 갑판의 한정이 긴장된 표정을 지으며 전음으로 용비에게 알려주었다.

용비는 큼직한 의자에 늠름하게 앉아 있고 그의 무릎에 한정이 앉아 있다.

그리고 오른쪽에는 수진랑이, 뒤에는 결우당 친구들이 일렬로 버티고 서 있다.

눈에 띄는 것은 소선개 옆에 흑의경장을 입은 조오가 한 자루 도를 멘 채 장승처럼 우뚝 버티고 서 있다는 것이다. 그녀는 마치 소선개의 호위고수 같았다.

소선개의 간곡한 요청으로 조오는 결우당의 일원이 될 수 있었다.

용비가 최종적으로 허락을 해야 하는데 그는 소선개가 말을 꺼내자마자 흔쾌히 허락했다.

하류로 향하고 있는 천붕호 전방 오십여 장 거리에 중형급 배 한 척이 두 개의 돛을 활짝 펼친 채 곧장 마주 다가오고 있었다.

한정은 그 배에 타고 있는 녹의경장을 입은 백 명의 가슴에 수놓아진 마귀형상을 보고 그들이 절대십천 육령삼대 중 하나인 추혼검대라고 알아보았다.

구 개월 전, 변천주 무형천자 와룡후가 항주에 내려왔을 때 따라왔던 육령삼대가 절대십천으로 귀환하지 않고 여태 항주에 있었던 모양이다.

천붕호와 추혼검대의 배와의 거리는 점점 가까워졌다.

한정과 수진랑. 결우당 친구들의 얼굴에는 더할 수 없이 긴장하는 표정이 가득 떠올라 있었다.

천붕호 앞쪽 갑판에 용비를 비롯한 측근들이 늘어서 있는 광경은 누가 보더라도 눈에 띌 만큼 이상했다.

그런데 만능서생 용비를 찾으려고 혈안이 된 추혼검대가 용비 등을 이상하게 보지 않을 리가 없다.

더구나 두 배의 거리는 이미 삼십여 장으로 좁혀들었다. 어쩌면 저쪽에서 이미 용비를 알아봤을지도 모른다.

[정말 싸울 생각이야?]

수진랑이 용비를 굽어보면서 단단하게 굳은 표정으로 전음을 보냈다.

그러나 용비는 대답하지 않고 엷은 미소를 지을 뿐이다.

그는 조아강을 거슬러 오르고 있는 수상한 자들이 절대십천 고수들이라고 확인이 되면 공격하겠다고 여의신벌을 나서기 전에 모두에게 선언했었다.

조아강은 항주에서 멀리 떨어진 곳이다. 이곳에서 적들을 전멸시키면 흔적조차 찾을 수 없을 것이라는 게 용비의 생각이다.

그때 마주 오는 중형급 배에 타고 있는 추혼검대 검수들, 즉 추혼검수들이 움직이기 시작했다.

그들은 일제히 빠르게 앞 갑판 쪽으로 이동하면서 이쪽을 쏘아보며 싸울 태세를 갖추기 시작했다. 용비를 알아본 것이 분명했다.

한정과 수진랑, 결우당 친구들은 그 광경을 보고 부지중 움찔 몸을 떨었다.

어쩔 수 없는 놀람과 긴장감 때문이다. 상대는 절대십천의 육령삼대 중 추혼검대인 것이다. 긴장하지 않으면 그게 오히려 이상한 일이다.

"저놈, 만능서생 용비라는 자가 틀림없는 거냐?"

추혼검대주는 용비에게서 시선을 떼지 않은 채 나직하게

중얼거렸다.

"틀림없습니다."

좌우의 추혼검수들이 입을 모았다. 개중에는 품에서 전신을 꺼내 직접 확인하는 자들도 있었다.

"만능서생 용비의 무릎에 앉아 있는 계집은 천추문 소문주 한정이고, 그 옆에 서 있는 계집은 검귀 수진랑이란 계집이 분명합니다."

추혼검수 한 명은 여러 장의 전신을 직접 확인하면서 설명했다.

그로 미루어 용비뿐만 아니라 한정과 수진랑 등도 절대십천에 의해서 수배된 듯했다.

추혼검대주는 입술 끝을 씰룩이며 흐릿하게 미소 지었다.

"후후…… 어젯밤에 길몽을 꾸지도 않았건만 횡재했군."

현재 항주에는 육령삼대만이 아니라 칠령의 영림부와 낙성부(落星府)를 비롯한 칠령오부(七令五府) 다섯 개 부와 그들을 총지휘하는 호천주(昊天主)가 심복수하들을 직접 인솔하고 내려와 있다.

호천주는 절대십천의 사천주다. 즉, 사인자라는 뜻이다. 칠인자인 변천주 와룡후하고는 비교도 할 수 없는 엄청난 신분이 몸소 항주에 온 것이다.

호천주는 용비를 제압해 오는 자에게 금 오백만 냥을 포상하겠다고 선포했다.

금 오백만 냥이면 은자 일억 냥이다. 실로 어마어마한 금액이 아닐 수 없다.

용비만 잡으면 팔자가 피는 정도가 아니라 자자손손 떵떵거리면서 호의호식할 수 있는 것이다.

그래서 절대십천 휘하 육령삼대와 칠령오부 뿐만이 아니라 항주사세까지도 용비를 찾기 위해서 모두 발 벗고 나선 상황이다.

그런데 오늘 추혼검대가 한 번도 와본 적이 없는 조아강까지 헛걸음하는 셈치고 왔다가 용비와 정면으로 마주쳤으니 길몽이 아니라 황제가 되는 꿈을 꿨다고 해도 이런 행운을 잡기는 어려울 것이다.

"작전은 필요없다. 무조건 저놈을 잡는다."

추혼검대주는 원래 치밀한 인물이지만 지금처럼 강 한복판에서 용비하고 마주친 상황에서는 치밀 같은 것이 전혀 필요하지 않다.

강폭은 무려 칠십여 장에 이르고 두 배는 강 한복판에 있다. 도망칠 곳이라곤 없다. 그러므로 무조건 부딪쳐서 포위하여 때려잡으면 되는 것이다.

추혼검대주를 비롯한 추혼검수 백 명은 흉흉한 살기를 뿜으면서 용비를 쏘아보았다.

그때 추혼검대주의 조용한 목소리가 모두의 고막을 조용히 울렸다.

"제일 먼저 저놈 몸에 검을 찔러 넣는 수하에게 금 백만 냥을 주겠다."

역시 작전은 필요하지 않다. 그 말이면 충분했다.

"배를 돌려서 물러나라."

용비는 조용한 목소리로 말하고 나서 한정을 조심스럽게 내려놓았다.

다 함께 싸우는 줄 알고 있었던 수진랑과 결우당 친구들은 용비의 말에 안도의 한숨을 내쉬었다. 싸우지 않고 도주하는 것으로 생각한 것이다.

설매와 대도가 재빠르고 능숙하게 움직인 덕분에 천붕호는 짧게 원을 그리는가 싶더니 상류 쪽으로 방향을 바꿔 나는 듯이 달리기 시작했다.

"도주합니다!"

"전속력으로 쫓아라!"

갑자기 추혼검대의 배가 시끄러워졌다. 천붕호가 도망치기 시작했기 때문이다.

그들의 눈에는 천붕호가 달아나는 것이 아니라 금 오백만 냥이 멀어지고 있는 것으로 보였다.

"저놈을 놓치면 네놈들을 모조리 강물 속에 처넣을 것이다!"

추혼검대주는 쩌렁쩌렁하게 뱃사람들을 몰아쳤다.

그러나 그럴 필요가 없었다. 도주하는 천붕호에서 하나의 흑영이 쑥 허공으로 솟구쳐 오르더니 추혼검대의 배를 향해 곧장 쏘아오고 있었다.

천붕호에서 추혼검대 배까지의 거리는 줄잡아 사십여 장이나 됐다.

추혼검대주라고 해도 한 번의 도약으로 칠팔 장쯤 가는 것이 고작이다.

그런데 흑영은 사십여 장을 그것도 눈 한 번 깜빡할 사이에 도달했다.

그 말은 흑영 용비가 추혼검수들의 머리 위에서 독수리처럼 내려꽂히고 있다는 뜻이다.

스응…….

용비의 오른손에는 어느새 사신검이 쥐어져 있었다. 그리고 뒤이어 사신검에서 펼쳐지기 시작한 것은 절세검법 주작신무다.

지금 용비는 한 마리 독수리고 추혼검대는 병아리들이다. 만절사신공을 터득한 용비에게는 제아무리 무서운 추혼검대라고 해도 하찮은 존재일 뿐이다.

용비는 추혼검수들이 가장 많이 모여 있는 앞쪽 갑판으로
내려꽂히면서 사신검으로 주작신무의 현란한 변화를 일으켰
다.

쏴아아―

마치 맑게 개어 있던 하늘에서 갑자기 소나기가 쏟아지듯
이 사신검이 만들어낸 무수한 검기들이 추혼검수들에게 퍼부
어졌다.

그렇다고 해서 무작위로 추혼검수들을 뒤덮는 것이 아니
다. 수십 줄기의 검기들은 추혼검수들의 미간이나 목, 심장을
향해 정확하게 빛의 속도로 쏘아갔다.

퍼퍼퍼퍼퍽!

"크흑!"

"허윽!"

사신검이 만들어낸 새카만 먹빛 빛줄기에 급소를 꿰뚫린
추혼검수들이 답답한 신음을 토해내며 앞다투어 쓰러지거나
강물로 떨어졌다.

용비의 최초의 공격으로 추혼검수 이십삼 명이 한꺼번에
떼죽음을 당했다.

추혼검수들은 날벼락을 맞은 듯 정신을 차리지 못했다. 자
신들의 옆에 서 있던 동료들이 느닷없이 죽어 자빠지자 혼이
달아날 정도로 놀라 싸울 생각도 하지 못하고 우왕좌왕 흩어

지기 바빴다.

　용비는 갑자기 텅 비게 된 갑판에 내려서자마자 추혼검수들을 향해 한 마리 맹수처럼 저돌적으로 부딪쳐가면서 재차 사신검으로 주작신무를 전개했다.

　스파파아앗!

　사신검에서 부챗살처럼 먹빛 줄기가 뿜어졌다. 그것들은 파도처럼 추혼검수들을 휩쓸었다.

　퍼퍼퍼퍽!

　둔탁한 격타음과 비명이 난무하는 가운데 용비는 추혼검수들 한복판으로 파고들면서 사신검을 거두었다.

　이제부터는 호투신박을 전개할 생각이다. 근거리에서는 호투신박이 최고의 위력을 발휘한다.

　슈슈슈슈—

　슬쩍슬쩍 호보를 전개하면서 호투신박을 전개하자 흐릿한 주먹과 발의 그림자들이 사방으로 폭발하듯이 뿜어져 나가 추혼검수들을 타작했다.

　이것은 애당초 싸움 자체가 되지 않았다. 성난 호랑이가 양 떼를 상대하는 듯한 광경이다.

　용비의 주먹과 발길질은 추혼검수들의 몸에 닿지도 않았는데 파도처럼 쏟아져 나간 경기(勁氣)의 파도가 그들을 묵사발로 만들었다.

투타타타탁! 퍼퍼퍽!

"크윽!"

"캐액!"

용비에게 검을 한 번이라도 휘둘러 본 추혼검수는 한 명도 없었다.

그저 어영부영 우왕좌왕하다가 용비의 주먹과 발길질 경기에 적중되어 머리가 박살 나고 가슴이 으깨어져서 산지사방으로 퉁겨 날아가기 바빴다.

"으으…… 어어……."

그 광경을 쳐다보는 추혼검대주는 벙어리가 된 듯했다. 두 눈을 찢어질 듯이 휘둥그렇게 뜨고 입을 벌린 채 용비를 손가락질하며 벙어리 같은 소리만 흘렸다.

그러다가 그는 어느 순간 퍼뜩 정신을 차리고 목이 터져라 미친 듯이 소리쳤다.

"모두 도주하라! 싸우지 말고 도망쳐라!"

사실은 그런 명령이 떨어지기도 전에 추혼검수들은 타작마당의 메뚜기 떼처럼 강물로 뛰어들고 있었다.

멀찌감치 떨어져 있는 천붕호의 사람들은 혼비백산한 표정으로 자신들의 눈을 의심했다.

그들은 용비가 혼자서 추혼검수 백 명을 상대하겠다고 그들 배로 날아갈 때까지만 해도 걱정이 되어 어쩔 줄 모르고 안절부절못했었다.

그러나 그들의 조바심은 순식간에 사라졌다. 대신 용비가 추혼검수들을 너무 잔인하게 죽이는 것이 아닌가 외려 적들이 걱정스러워졌다.

한정은 아픈 것도 잊은 채 두 손을 가슴에 모으고 눈을 동그랗게 뜨고는 눈으로 용비의 모습을 좇았다.

강심장인 수진랑조차도 입을 벌린 채 눈앞에서 펼쳐지고 있는 한편의 지옥도에 경악을 금치 못했다.

용비는 불과 다섯 호흡 만에 공격을 멈추었다. 배에 아무도 남아 있지 않았기 때문이다.

질겁한 추혼검수들은 물론이고 배를 몰던 뱃사람들까지 모조리 강물에 뛰어들어 결사적으로 강가를 향해 헤엄치고 있었다.

배에는 단 한 명도 남아 있지 않았다. 용비에게 제일 먼저 검을 찌르는 수하에게 금 백만 냥을 주겠다면서 기고만장했었던 것을 기억하는 추혼검수는 아무도 없었다. 지금은 그저 살아남기 위해서 미친 듯이 허우적거릴 뿐이다.

사아아…….

용비는 봉황연행이라는 절세의 경공을 전개했다. 발로 뱃전을 박찰 필요도 없다. 그저 몸이 둥실 떠올랐다가 수평으로 강을 향해 유유히 날아갔다. 하지만 속도는 무서울 정도로 빨랐다.

용비가 자신들을 향해 날아오자 추혼검수들은 팔다리가 보이지 않을 정도로 맹렬하게 헤엄을 쳐서 도망쳤다. 용비에게 잡히면 죽는 것이 아니라 잡히기도 전에 죽는다는 생각이 그들 머릿속에 가득했다.

그러나 용비가 쫓는 것은 추혼검수들이 아니다. 그는 낮게 날면서 뱃사람 세 명을 가볍게 건져 올린 후에 천붕호로 돌아왔다. 그는 무고한 뱃사람들이 죽을까 봐 그들을 구해준 것이다.

한정과 수진랑, 결우당 친구들은 감히 용비에게 가까이 다가서지 못했다.

그가 자신들이 알고 있는 친구이며 낭군이었던 용비로 보이지 않았기 때문이다.

용비가 잠깐 동안 주살한 적은 육십여 명에 달했다. 그렇다고 나머지 사십 명이 목숨을 건진 것은 아니다. 그들에겐 또 다른 형태의 죽음이 기다리고 있었다.

용비는 자상하게도 추혼검수 사십여 명을 천추문과 신룡보 몫으로 남겨두었다.

추혼검수들이 결사적으로 헤엄쳐서 가고 있는 양쪽 강가에 어느덧 수백 명의 고수가 모여들었다.

강 건너는 신룡보가 맡았고 강 이쪽은 천추문 차지다. 용비는 여의신벌을 나오기 전에 작전을 어떻게 할 것이라고 한성림과 반대운에게 언질을 주었기 때문에 만반의 준비를 갖추고 있었다.

강가 전면에는 천추문과 신룡보의 무사급 사백여 명이 서너 줄로 도열해 있는데 그들 손에 쥐어져 있는 것은 강궁(强弓)이었다.

파파팡!

사백여 명이 일제히 화살을 발사하자 허공의 공기가 맹렬하게 떨어 울리며 사백여 발의 화살이 소나기처럼 추혼검수들을 향해 쏘아갔다.

천추문과 신룡보의 궁수들은 연속적으로 화살을 발사했다. 잠깐 사이에 수천 발의 화살이 허공을 뒤덮었다.

하늘을 새카맣게 뒤덮은 화살들은 크게 곡선을 그리더니 일제히 강을 향해 쏘아 내렸다.

날고 기는 추혼검수들이라고 해도 물에서는 어쩔 도리가 없는 법이다.

검을 뽑아서 자신에게 쏟아지는 화살을 쳐 내는 정도가 고작인데 그나마도 물속이라서 여의치 않았다.

퍼퍼퍼퍼퍽!

"끄악!"

"흐아악!"

강물 속에서 화살에 꽂힌 추혼검수들은 처절하게 비명을 지르며 발버둥 쳤다.

원래 화살에 맞았을 경우는 급소가 아닌 바에는 쉽게 죽지 않는다.

그렇지만 지독하게 고통스럽게 마련이다. 화살에 미늘이 있기 때문에 뽑으면 더욱 괴롭다. 그래서 화살을 몸에 꽂고 있어야만 한다.

잠깐 사이에 강물은 시뻘겋게 핏빛으로 물들었다. 살려고 발버둥 치던 사십여 명의 추혼검수 중에 절반 이상이 화살에 맞아 더러는 죽고 더러는 피를 흘리면서 몸부림쳤다.

그때 양쪽 강가에서 화살을 쏘아대던 사백여 명의 궁수가 일사불란하게 뒤로 물러났다.

그리고 천추문과 신룡보의 정예고수들이 도검을 뽑아 들고 빠르게 강을 향해 내달렸다.

이제 추혼검대에서 멀쩡한 자들은 이십여 명에 불과했다. 하지만 그들도 전력으로 헤엄을 치면서 도망치느라 기진맥진한 상태다.

이십여 명의 추혼검수 뒤로 화살을 몸 여기저기에 꽂은 십여 명이 기듯이 강가로 올라왔다.

나머지 십여 명은 화살을 꽂은 채 강에서 허우적거리거나 이미 죽어 있었다.

추혼검수들은 한바탕 지독하게 무서운 악몽을 꾸고 있는 중이었다.

자신들이 겪고 있는 이것이 현실이라고는 도저히 믿어지지 않았다.

조금 전까지만 해도 포상으로 금 오백만 냥을 받으면 추혼검대주가 과연 수하들에게 어떻게 나눠줄 것인지, 그리고 그 돈을 받으면 뭘 할 것인지가 고민이었다.

그런데 지금은 어떻게 해야 목숨을 건질 수 있는지 생각하느라 머리가 터질 것만 같았다.

그중에서도 추혼검대주의 상태가 제일 심각했다. 그는 비틀거리면서 강가로 나와 우두커니 서서 멍한 얼굴로 전방을 바라보았다.

검을 햇빛에 번쩍거리면서 몰려오고 있는 천추문 고수들을 보면서 머릿속이 텅 비어버렸다.

그래도 이대로 죽을 수는 없다는 생각이 고개를 치켜들었다. 눈앞의 현실은 그가 지금껏 헤쳐 온 수많은 역경과 사지(死地)와 별반 다를 것이 없다고 스스로를 위로했다.

그리고 수하들은 모두 죽더라도 자신은 어떻게든 살아날 수 있을 것이라고 생각했다.

상대는 일개 평범한 고수들일 뿐이다. 그러므로 한복판을 뚫고 나가면 살아나는 것이 불가능한 일만은 아닐 것이다. 그는 강인한 정신력을 이곳에서도 발휘했다.

'해보자. 이놈들……!'

추혼검대주는 이를 악물고 어깨의 검을 뽑으면서 걸음을 내디뎠다.

스으…….

그런데 돌연 그의 앞에 뭔가 거무스름한 것이 나타났다. 어? 하고 놀라고 쳐다보던 그의 얼굴이 순간 새하얗게 사색으로 급변했다.

그의 눈앞에 서 있는 사람은 다름 아닌 용비였다. 어느새 나타난 그는 저승사자처럼 우뚝 서서 차가운 눈으로 추혼검대주를 응시하고 있었다.

'이… 이런…….'

새하얗던 그의 얼굴이 이번에는 썩은 돼지 간 빛으로 붉으죽죽하게 변했다.

차앙!

"으아아—!"

순간 그는 검을 뽑는 것과 동시에 용비에게 돌진하며 맹렬하게 검을 휘둘러 갔다. 최후의 발악이다.

그 순간 그는 용비가 슬쩍 손목을 뒤집는 모습을 발견했다. 하지만 그런 간단한 동작 때문에 자신이 죽을 것이라고 생각하지 않았다.

빽!

푸르스름한 청룡공기가 추혼검대주의 머리를 잘 익은 수박 박살 나듯이 터뜨려 버렸다.

용비는 추혼검대주가 발작을 일으키면 천추문 고수들이 위험할 수도 있기 때문에 직접 나서서 처리한 것이다.

그리고는 그는 강 언덕으로 훌쩍 물러나 뒷짐을 진 채 그때부터 벌어지는 광경을 여유롭게 지켜보았다.

이미 사기가 꺾일 대로 꺾인 살아남은 추혼검수들은 천추문과 신룡보 고수들의 상대가 되지 못했다.

추혼검수 한 명에 천추문과 신룡보 고수 대여섯 명이 합공을 퍼붓기 때문이다.

싸움은, 아니, 일방적인 살육은 그다지 오래 걸리지 않았다. 그로부터 일각쯤 지나자 살육은 완전히 끝나고 고요한 정적이 찾아들었다.

양쪽 강변과 강물은 짙은 노을보다 더 붉게 핏물로 물들어 있었다.

강 언덕에는 용비와 한정, 수진랑, 결우당 친구들, 그리고 한성림과 반대운을 비롯한 천추문과 신룡보 고수들이 길게 늘어서 강가와 강에 죽어 있는 추혼검수들을 굽어보았다.

용비를 비롯한 모두는 눈앞에 펼쳐져 있는 광경이 참혹하다거나 잔인하다고 생각하지 않았다.

"우리 쪽 피해는?"

이윽고 용비가 조용한 목소리로 묻자 한성림과 반대운이 동시에 공손히 대답했다.

"사망자와 부상자는 한 명도 없습니다."

용비는 가볍게 고개를 끄떡이고 나서 나직하지만 우렁우렁한 목소리로 말했다.

"여의신벌의 첫 승리다."

운집한 모든 사람들의 얼굴에 흥분과 기쁨이 일렁였다.

용비의 말이 이어졌다.

"이것이 시작이다. 이후 여의신벌은 계속 승리할 것이다."

다음 순간 운집한 모든 사람들이 일제히 두 손을 높이 치켜들면서 우렁찬 함성을 터뜨렸다.

"와아아—! 만능서생 만세—!"

"와아아아—! 여의신벌 만세—!"

천신처럼 우뚝 서 있는 용비를 바라보는 한정과 수진랑의 얼굴 가득 자랑스러움과 존경스러움이 떠올랐다.

『만능서생』 8권에 계속…